키 작은
프리데만 씨

Der kleine
Herr
Friedemann

토마스 만
안삼환 옮김

키 작은 프리데만 씨

Der kleine Herr Friedemann

토마스 만

고통 속에서 태어난 아름다움

감사의 말씀을 드릴 수 있는 순간이 이제 저에게도 찾아 왔습니다. 동경해 마지않던 순간이라는 사실을 구태여 말씀 드릴 필요는 없을 것입니다. 그런데 이제, 그 순간이 찾아와 감사를 드리려고 하니, 연사로 타고나지 못한 사람들에게 흔히 일어나는 현상처럼 막상 말이 감정을 따르지 못할까 두렵습니다. 저는 모든 작가들을 연사로 타고나지 못한 사람들이라고 간주하는데, 그것은 연사와 작가 사이에는 큰 차이점이 있기 때문입니다. 그렇습니다. 그 생산 방식이나 영향력을 끼치는 방법에 있어서 연사와 작가 사이에는 정말로 아주 깊은 간극이 존재합니다. 즉, 모든 연설에는 즉흥적인 특성, 대략 문학적으로 보이는 특성이 있습니다. 이를테면 연설에는 많은 것, 정말 결정적인 것이 ── 연설을 하는 영향력 있는 인물의 후광이 나중에 보충해 줄 수 있도록 ── 기술적으로 적절하게 생략되는 원칙이 있습니다. 연설의 이런 점들이 단호한 입장을 지닌 작가에게는 본능적으로 거슬릴 수 있다는 말입니다. 그런데 여기에 또 제 경우를 말씀드리자면, 부득이하게 꼭

해야 하는 이 연설에서 제가 잘할 수 있으리라는 희망을 가지지 못하도록 하는 일시적 불리함까지 설상가상으로 덧붙여지는군요. 일시적 불리함이라는 것은, 스웨덴 한림원 여러분께서 저에게 베풀어 주신 지금 현재의 이 근사하고도 혼란스러운 상황, 즉 급작스럽게 저의 삶을 온통 축제 분위기로 만든 이 상황입니다. 정말로 저는 한림원 여러분께서 주관하여 수여하신 이 영예로운 상이 몰고 올 굉장한 위력을 미처 상상할 수 없었습니다. 저는 서사적 본성의 소유자로서 극적인 것과는 거리가 멉니다. 고요한 가운데 거미처럼 자신의 실을 계속 짜 나갈 뿐인 저의 삶과 예술에서 제 소망과 소질에 잘 어울리는 것은 근본적으로 평정(平靜)과 균형입니다. 북방의 삶으로부터 이 평온한 균형의 좁은 공간으로 벼락처럼 내려친 요란한 극적 무대 효과가 저의 연설 능력을 평상시보다 더욱 떨어뜨려 놓았다는 것은 조금도 이상한 일이 아닙니다. 스웨덴 한림원 내부에서 내린 결정이 세상에 알려진 이래로 저는 그칠 줄 모르는 잔치들의 소용돌이 속에서, 꿈결 같은 야단법석을 겪어 내고 있습니다. 마침 여기서 저의 영혼과 정신이 받은 충격을, 괴테가 남긴 기이하게 아름다운 연애시 한 편을 여러분께 상기시켜 드리는 것으로 표현해 보고 싶습니다. 말하자면 제가 상기시켜 드리고자 하는 바는 "그대는 내 활을 밀쳐서 조준을 망쳐 놓았구나!¹" 하는 시행입니다. 바로 이렇게 노벨상은 저의 서사적 도구를 극적으로 밀쳐서 제대로 작동하

---

1   괴테의 시 「풍경화가로서의 아모르」에 나오는 시행의 하나. 괴테가 이탈리아를 여행하던 중에 로마에서 자신의 사랑과 창작을 '큐피드의 화살'에 비유해서 지은 시다.

지 못하게 해 놓은 것입니다. 그렇습니다! 저는 이 영예가 제게 끼친 효과를, 정상적 인생에서 벌어지는 사랑의 효과에 비유해 본 것입니다. 이런 비유를 통해서만 저는 제게 주어진 이 영광을 왜곡하지 않고 제대로 표현할 수 있다고 생각하기 때문입니다.

그럼에도 불구하고, 지금 저에게 꿈결처럼 내리쏟아진 이런 영광을 그럴듯한 표정으로 견뎌 내는 것이 한 예술가에겐 얼마나 어려운 일인지 아마 모르실 겁니다! 이럴 때에 양심의 가책을 느끼지 않는 단정하고도 자기비판적인 예술가가 있을까요? 이런 경우엔 사적인 영역을 떠난 초개인적 관점만이 도움이 될 수 있습니다. 개인적인 관점을 떠나는 것은 늘 도움이 되지요. 특히 이런 경우에는 그렇습니다. "단지 비양심적인 인간들만이 겸손하다."라는 자긍심에 찬 말은 괴테한테서 유래합니다. 이것은 어떤 음흉한 위선자가 겉으로 내거는 도덕률을 거부하고자 했던 한 위인의 말입니다. 그러나 신사 숙녀 여러분, 이 말이 무조건 통용되는 것은 아닙니다. 겸손함은 영민한 것, 지성적인 것과도 약간의 관계를 지니고 있습니다. 그러니까 지금 저에게 돌아온 이런 영예를 지나친 자만심과 터무니없는 교만의 근거로 삼는 인간이야말로 정말 바보임에 틀림없다는 말씀입니다. 어느 정도 우연의 소치로 저의 이름 위에 떨어진 이 세계적인 상을 저의 고국, 저의 민족의 발치에 바치는 것이 좋을 듯싶습니다. 저와 같은 사람은 이 나라, 이 민족이 떠들썩한 위세를 자랑하던 시기보다도, 오늘날의 고국과 동족에 더욱 긴밀한 유대감을 느낍니다. 스톡홀름의 이 세계적인 상이 오랜 세월이 흐르고, 올해에 이르러서야 다시 한 번 독일 정신에, 특히 독일의 산문 문학에 주어진 겁니다. 여러분은 이 상처 입은, 그리고 여러모로 오해받고 있는 민족이 세계적 공감의 표현이기도 한 이 상을 얼마나 민감하게 받아들일 것인지 아마도 상상하기 어려우실 것입니다.

이 세계적 공감의 의미를 제가 감히 조금 더 자세히 설명해 드려도 될까요? 지난 십오 년 동안[2] 독일에서의 정신 및 예술 분야의 성취들은 유리한 상황의 비호를 받으면서, 즉 안정된 정신적, 물질적 여건 아래에서 이루어진 것이 아닙니다. 그 어떤 작품도 안정적이고 쾌적한 환경 속에서 완결되거나 온전히 성숙할 수 없었고 예술적, 정신적 작품들의 제반 조건들은 첨예하기 짝이 없는 일반적 문제점을 내포한 조건들이었으며, 궁핍과 교란과 고뇌의 조건들이었습니다. 이것은 거의 동구적인, 거의 러시아적인 고통과 혼란의 조건들로서, 그 조건들 아래에서 독일 정신은 서구적, 유럽적 원칙, 즉 명예로운 형식을 알아 가기 시작한 것입니다. 그렇습니다, 형식! 형식이야말로 명예로운 유럽적 자랑이 아니겠습니까! ─ 저는 가톨릭 신자가 아닙니다. 신사 숙녀 여러분, 제가 물려받은 것은 아마도 여러분 모두가 그러하신 것처럼, 하나님과 직접 교감하고자 하는 신교적 정신입니다. 그럼에도 불구하고 저에

---

2 1914년부터 1929년까지의 시기, 즉 1차 세계대전의 발발로부터 독일 민주주의 정치가 나치에 의해 위협받던 바이마르 공화국 말기까지를 이른다. 곧이어 1933년에 나치당이 집권하였다. 토마스 만은 1914년 무렵엔 빌헬름 황제 체제 지지자 및 전쟁 옹호자였으나 1922년부터 서서히 민주주의자로 변신해 갔다. 1929년 노벨 문학상 수상 당시의 토마스 만은 이미 바이마르 공화국 및 서구적 민주주의의 지지자로 변해 있었다.

게는 좋아하는 성자가 한 분 계십니다. 여러분에게 그분의 이름을 말씀드리겠습니다. 그분은 바로 성 세바스티아누스입니다. 여러분께서도 온몸이 칼과 화살에 찔린 채로 기둥에 매인 저 젊은이를 알고 계실 겁니다. 그는 고통 속에서도 미소를 머금고 있습니다. 고통 속에서의 우아함 — 이것이 성 세바스티아누스가 상징하는 영웅적 본성입니다. 이것이 지나치게 대담한 이미지로 비칠지도 모르겠습니다만, 저는 이 영웅성을 독일 정신, 독일 예술을 가리키는 데에 감히 원용함으로써 독일의 문학적 성취에 돌아온 이번의 세계적 영예가, 바로 이 섬세한 영웅성을 평가해 준 것은 아닐까 하고 감히 추측해 보려는 유혹을 뿌리칠 수 없습니다. 독일이 그 문학을 통해 우아함을 입증해 보인 것입니다, 고통 속에서 말입니다. 독일은 고통의 무정부 상태로 붕괴하지 않고 국가 체제를 유지함으로써 정치적으로 자신의 명예를 지켜 냈습니다. 또한 정신적으로도 독일은 고통이라는 동구적 원칙을 형식이라는 서구적 원칙과 합일시킴으로써, 즉 고통 속에서 아름다움[3]을 창조해 냄으로써 자신의 명예를 지켜 낸 것입니다.

이제, 제가 마지막으로, 다시 한 번 사적인 화제로 돌아오는 것을 허락해 주시기 바랍니다. 수상 결정이 알려지자 제일 먼저 저를 찾아와 함께 담소를 나눈 몇몇 사람들에게 저는 이 영예로운 소식이 북쪽에서, 바로 이 스칸디나비아 영역으로

---

3 '주 2'에서 엿볼 수 있는 토마스 만의 정치적 개안을 염두에 둔다면, 토마스 만이 독일의 고통스러운 정치적 길과 예술가로서 자신이 걸어온 굴곡 많은 길을 동일시하고 있음을 알 수 있다.

부터 날아온 데에 대해 크나큰 감동과 만족감을 느낀다고 말한 바 있습니다. 뤼베크 태생인 저는 이 북방의 스칸디나비아 지역과 젊은 시절부터 삶의 형식에 있어서 커다란 일체감을 느껴 왔을 뿐만 아니라, 작가로서도 이 북구적 정신과 북구적 어조에 대해 상당한 문학적 공감과 경탄을 느껴 왔습니다. 제가 청년일 적에 한 중편 소설을 썼는데, 지금도 젊은이들은 이 작품[4]을, 그리고 이 작품에 나오는 토니오 크뢰거라는 인물을 좋아하고 있습니다. 이 작품은 남쪽과 북쪽에 대한 이야기이며, 한 인물 속에 이 두 가지 요소가 혼재되어 있음을 다루고 있습니다. 갈등으로 가득 차 있기 때문에 생산적인 혼재이지요. 이 이야기에서 남쪽은 모든 정신적, 관능적 모험 그리고 냉혹한 예술적 정열의 총괄 개념인 반면에, 북쪽은 모든 다정함과 시민적 고향, 마음속 깊은 곳에 자리 잡은 모든 감정, 모든 내면적 인간다움의 총괄 개념입니다. 그런데 그 내면적 인간다움이, 북쪽이라는 제 마음의 고향이, 지금 이 순간 화려한 잔치로 현현하여 저를 끌어안고 따뜻하게 맞이해 주고 있는 것입니다. 이것은 저의 인생에서 아름답고 의미 있는 하루이고 진정한 삶의 축제이며, 스웨덴어로 축제 전반을 지칭하는 그야말로 '잔칫날(högtidsdag)'입니다. 스웨덴에서 서투르게 빌려 온 이 말에 이어서, 마지막으로 한 가지 청을 드리고자 합니다. ── 신사 숙녀 여러분, 오늘의 이 성대한 만찬을 마련해 주신 노벨 재단에 감사드리는 의미에서, 그리고 세계적으로 뜻깊게 빛나는 축복받은 노벨 재단의 발전을 축원하는

---

4   토마스 만의 자전적 작품 「토니오 크뢰거」(1903)를 말한다. 안삼환 외 옮김, 『토니오 크뢰거·트리스탄·베니스에서의 죽음: 토마스 만 단편선』(민음사, 1998) 참조.

의미에서, 우리 다 같이 축배를 올립시다! 자, 우리 다 같이 노벨 재단의 발전을 위해 스웨덴의 훌륭한 풍습에 따라 만세 사창(四唱)을 하십시다! 노벨 재단 만세, 만세, 만세, 만세!

1929년 12월 10일,
스톡홀름 그랜드 호텔 노벨상 시상 연회에서

차례

키 작은 프리데만 씨

1

그것은 보모의 탓이었다. 혐의가 처음 드러났을 때 그런 나쁜 습벽은 그만두라고 프리데만 영사 부인이 그녀에게 엄격하게 타일렀건만 그게 무슨 도움이 되었던가? 부인이 영양분 많은 맥주 이외에도 매일같이 적포도주 한 잔을 그녀에게 건네주었건만 그게 무슨 소용이 있었던가? 이 처녀가 취사용 기구에 쓰게끔 되어 있는 알코올까지도 퍼마실 지경에 이르렀음이 갑자기 밝혀졌으며, 그녀 대신 일할 사람이 채 도착하기도 전에, 그러니까 그녀를 미처 내보낼 수 있기도 전에, 그 불상사가 일어나고야 말았던 것이다. 어느 날 어머니와 어린 세 딸이 외출했다가 돌아왔을 때, 태어난 지 약 한 달밖에 안 되는 어린 요하네스는 아기 탁자에서 굴러떨어져 처절하리만큼 낮게 신음하며 땅바닥에 누워 있었고 보모는 그 옆에 멍하니 서 있었다.

경련을 하는 어린것의 휘어진 사지를 조심스러우면서도

단호한 태도로 살펴보던 의사는 대단히, 대단히 심각한 표정을 지었고, 세 딸은 한쪽 구석에서 훌쩍거리고들 서 있었으며, 깊은 불안에 휩싸인 프리데만 부인은 큰 소리로 기도를 하고 있었다.

그 가련한 부인은 이 아이의 출산 이전에 벌써, 네덜란드 영사인 남편이 급작스럽고도 격렬한 병으로 서거하는 불상사를 겪지 않으면 안 되었다. 그리하여 그녀는 이 어린 요하네스가 그녀의 곁에 살아남아 주었으면 하는 희망을 지니기에도 이미 너무 탈진해 있었다. 그러나 이틀 후에 의사가 격려의 악수를 건네면서 그녀에게 말하기를, 이제는 직접적인 위험은 전혀 없고, 무엇보다도 아이의 눈길에서 벌써 알아챌 수 있듯이 가벼운 두개골 충격은 완전히 치유되었으며, 이 눈길이 이제는 처음에 그랬던 것처럼 그런 멍한 표정은 아니라고 했다. 하지만 그 밖의 문제에 대해서는 병세가 어떻게 되어 나갈지 두고 봐야 할 것이며, 최선을, 앞서도 말했지만, 최선을 바라는 수밖에는 다른 도리가 없다는 것이었다.

2

요하네스 프리데만이 성장한 그 회색의 합각머리 집은 대도시가 채 안 되는 중간 정도의 어느 유서 깊은 상업 도시 북문로에 자리 잡고 있었다. 현관문을 통해 들어서면 포석(鋪石)을 깐 널찍한 마루가 있고, 이 마루에서부터 희게 칠한 나무 난간이 있는 층계 하나가 위층으로 나 있었다. 2층의 거실 바닥에 깔린 융단은 빛이 바랜 여러 가지 경치를 보여 주었고,

진홍색 벨벳 보를 덮은 육중한 마호가니 탁자 둘레에는 딱딱한 등받이의 의자들이 놓여 있었다.

어릴 적에 그는 항상 아름다운 꽃들이 만발해 있는 여기 이 창가에서, 어머니의 발치에 있는 조그만 걸상 위에 자주 앉아 있곤 했다. 그러고는 그녀의 정수리를 덮은 희끗희끗 센 윤기 있는 머리카락과 선량하고 온화한 얼굴을 바라보면서, 또 언제나 그녀에게서 발산되는 은은한 향기를 들이마시면서 신비로운 이야기 같은 것을 들었다. 그렇지 않을 때에는 그는 아마도 아버지의 사진을 보여 달라고도 했을 텐데, 그 사진은 회색 구레나룻을 기른 친절해 보이는 어느 신사의 모습을 보여 주고 있었다. 어머니의 말로는 아빠는 하늘나라에 계시고 거기서 그들 모두가 뒤따라오기를 기다리고 계신다고 했다.

집 뒤쪽에는 조그만 정원 하나가 있었는데, 인근의 제당 공장에서 거의 언제나 들척지근한 김이 날아오긴 했지만, 식구들은 여름이면 하루의 대부분을 이 정원에서 보내곤 했다. 거기에는 굵은 혹 마디가 있는 해묵은 호두나무 한 그루가 서 있었는데, 그 그늘 속에서 어린 요하네스는 이따금 나지막한 목재 안락의자에 앉아서 호두를 까곤 했다. 그러는 동안 프리데만 부인과 이젠 벌써 장성한 세 자매는 회색 범포(帆布)로 만든 천막 하나를 쳐 놓고 그 안에서 함께 시간을 보내고 있었다. 그러나 어머니는 때로 뜨개질하던 일감을 손에서 놓고 시선을 들고서는 슬픈 애정을 띤 채 어린아이 쪽을 건너다보곤 했다.

그는, 그 키 작은 요하네스는, 아름답지 않았다. 그리고 그가 톡 튀어나온 가슴, 팡파짐하게 돌출한 등, 지나치게 길고 여윈 두 팔을 하고 의자에 쪼그리고 앉아 기민한 동작을 하려고 애를 쓰며 호두를 까는 모습이란 대단히 진기한 광경이었다. 그의 손발은 약하게 생기고 빈약했고 두 눈은 크고 연한 밤색을 띠고 있었으며 입의 윤곽은 부드러웠고 섬세한 머리카락은 담갈색이었다. 그의 얼굴이 비록 아주 참담하게 두 어깨 사이에 푹 파묻혀 있긴 했지만, 그래도 그것은 거의 아름답다 할 수 있는 얼굴이었다.

3

그가 일곱 살이 되었을 때 그는 학교에 보내졌고, 그때부터 이제 여러 해가 단조롭고도 빠르게 흘러갔다. 매일같이 그는 불구자들에게서 흔히 볼 수 있는 우스꽝스럽게 점잔을 빼는 듯한 걸음걸이로 합각머리의 집들과 점포 사이를 지나 고딕식 아치를 한 유서 깊은 학교 건물을 향해 걸어갔다. 그리고 그가 집에서 숙제를 다 했을 때면 그는 표지에 아름답고 다채로운 그림이 그려진 책들을 읽거나 또는 누나들이 병약한 엄마를 도와 살림을 꾸려 나가는 동안 정원에서 무언가에 몰두하곤 했다. 누나들은 사교계의 모임들에도 참석했었다. 그도 그럴 것이 프리데만 가(家)는 그 도시의 일류 명문가 반열에 들었기 때문이었다. 그러나 유감스럽게도 그들은 아직 결혼을 못 하였는데, 그들의 가산이 넉넉하지 못한 데다 그들 자신도 꽤 못생긴 편이었기 때문이다.

요하네스도 아마 누나들과 마찬가지로 여기저기에서 그의 나이 또래들로부터 초대를 받곤 했겠지만 그는 그들과의 교제에 그다지 큰 기쁨을 느끼지 못했다. 그는 그들의 놀이에

참여할 수 없었고, 그들도 그에 대해서 항상 일종의 어리둥절
해하는 거리감을 지니고 있었기 때문에 동무로서의 친교 관
계로까지 발전될 수가 없었다.

그들이 학교 마당에서 이따금 그 어떤 체험담을 나누는
것을 들을 때가 있었는데, 이럴 때면 그는 두 눈을 크게 뜨고
서는 그들이 이 소녀 저 소녀를 두고 열광해서 지껄이는 말을
주의 깊게 들었으나, 거기에 대해 아무 참견도 하지 않았다.
다른 애들이 아주 열중해 있는 듯이 보이는 이런 일들은 체조
나 공 던지기처럼 나에게는 어울리지 않는 일이야, 하고 그는
자신에게 타일렀다. 이것은 때로 그를 약간 슬프게 했다. 그러
나 결국 그는 자신의 일을 홀로 영위해 나가면서 다른 사람들
의 이해에 대해 무관심하게 지내는 데에는 오래전부터 익숙
해 있었다.

그럼에도 불구하고 그는 ─ 열여섯 살을 헤아리게 되었
을 적에 ─ 동갑의 처녀에게 갑작스러운 연정을 느끼게 됐다.
그녀는 학교 친구의 누이동생으로서 제멋대로이고 낙천적인
금발의 소녀였는데, 그는 그녀의 오빠 방에서 그녀를 알게 되
었다. 그녀 곁에 있노라면 그는 이상한 당혹감을 느꼈다. 그녀
가 그를 대하는 모습도 역시 어쩔 줄 몰라 하고 짐짓 침착한
척하는 모습이었기 때문에 이것이 그를 깊은 슬픔에 잠기게
했다.

어느 여름날 오후 교외에서 외로이 둑 위를 산보하던 그
는 어느 재스민 수풀 뒤에서 속삭이는 소리를 듣게 되었기에
가지 사이로 조심스레 귀를 기울여 보았다. 거기 놓인 벤치 위
에는 예의 그 소녀가 키가 크고 머리칼이 붉은 어떤 청년 곁에
앉아 있었는데, 그도 그 청년을 잘 알고 있었다. 그 청년은 한

팔로 그녀의 허리를 안고 있다가 그녀의 입술에 살짝 키스를 하였고, 이 키스에 대해 그녀는 깔깔대며 화답을 했다. 요하네스 프리데만은 이것을 보고 발걸음을 돌려 살며시 그곳을 떠났다.

그의 머리는 그 어느 때보다도 더 깊숙이 두 어깨 사이에 처박혀 있었으며 두 손은 떨렸다. 쓰라리고 제어하기 어려운 어떤 고통이 가슴에서부터 목 있는 데까지 치밀어 올랐다. 그러나 그는 그 고통을 꾹 눌러 참았으며 그가 할 수 있는 한, 결연히 다시 기운을 차렸다. '좋아.' 하고 그는 자신에게 다짐했다. '이것으로 끝이야, 난 이제 두 번 다시 이런 짓거리에 상관하지 않겠어, 이런 짓은 다른 사람들에게는 행복과 기쁨을 베풀어 주지만, 내게는 언제나 원한과 고통만을 안겨 줄 뿐이야. 난 그 짓을 끝내겠어. 이제 난 그 짓과는 딱 결별이야. 결코 두 번 다시는……'

이와 같은 결심을 하고 나니 그는 기분이 좋아졌다. 그는 단념하였다. 영원히 단념하였다. 그는 집으로 갔다. 그러고는 한 권의 책을 손에 들고 읽었다. 책을 읽지 않을 때에는 가슴이 기형인데도 불구하고 익혀 온 바이올린을 연주했다.

4

열일곱 살이 되자 그는 학교를 떠나 대부분의 주위 사람들처럼 상인이 되려고 했다. 그래서 그는 저 아래쪽 강가에 있는 슐리포크트 씨의 큰 목재상에 견습생으로 입사했다. 사람들은 그를 관대하게 대해 주었으며 그도 또한 자기 딴에서 친절하고 싹싹하게 행동했다. 그리하여 평화롭고 규칙적인 가운데 세월이 흘러갔다. 그러다 그가 스물한 살 되던 해 그의 어머니가 오랜 투병 끝에 세상을 떠났다.

이것은 요하네스 프리데만에게는 큰 고통이었으며, 그는 이 고통을 오랫동안 간직했다. 그는 이것을, 이 고통을 즐겼으며, 사람들이 큰 행복에 몰두하는 것처럼 이 고통에 탐닉했다. 또 그는 수많은 어린 시절의 회상들로 이 고통을 가꾸었으며, 이 고통을 완전히 음미함으로써 이것을 그의 인생에서의 첫 번째 강렬한 체험으로 승화시켰다.

사람들이 인생을 '행복한 것'이라고 일컬을 수 있을 만큼 인생이 그렇게 우리 뜻대로 되어 가든 말든 간에, 어쨌든 인생은 그 자체로 이미 좋은 것이 아닌가? 요하네스 프리데만은 이렇게 느꼈으며, 인생을 사랑했다. 인생이 우리들에게 제공해 줄 수 있는 가장 큰 행복을 단념한 그가 자신에게 허락된 기쁨을 얼마나 열성을 다하여 곰곰이 즐길 줄 아는지에 대해서는 아무도 모를 것이다. 교외의 녹지에서 바깥의 봄을 즐기는 산보라든지 어떤 꽃 한 송이의 향내, 또는 어떤 새의 지저귐 ─ 이런 일에 대해서도 사람들은 감사할 수 있지 않을까?

그리고 교양이 향락 능력의 일부를 이루고 있다는 사실, 즉 교양이란 언제나 향락 능력일 뿐이라는 사실 ─ 그는 이 사실도 역시 이해했다. 그래서 그는 자신의 교양을 쌓았다. 그는 음악을 사랑했으며, 그 도시에서 개최되는 연주회에는 거의 빠짐없이 참석했다. 그 자신도, 연주할 때에 아주 이상야릇한 자세가 눈에 띄어서 탈이긴 했지만, 점차로 바이올린을 곧잘 연주하게 되었으며, 자신이 켜 내는 데에 성공한 아름답고 부드러운 음조 하나하나에 기쁨을 느꼈다. 또한 그는 많은 독서를 통하여 점차 문학적 취미를 길렀으며, 문학적 취미라면 그 도시에서 그와 겨룰 사람이 없을 정도였다. 그는 국내외의 최근 간행물에 대해 소상히 알았고, 한 편의 시가 지닌 운율적 매력을 음미할 줄 알았으며, 잘 쓰인 한 편의 세련된 소설이 가진 은밀한 분위기에 심취할 줄도 알았으며…… 아! 사람들이 그를 일종의 도락가라고 말한다 해도 아주 지나친 말은 아니었을 것이다.

세상에 모든 것이 다 즐길 수 있는 것이며, 행복한 체험과 불행한 체험을 구별한다는 것이 거의 허무맹랑한 일이라는 사실을 그는 터득해서 깨닫게 되었다. 그는 자신의 모든 감정과 기분을 기꺼이 받아들였고 그것들이 구슬픈 것이든 명랑한 것이든 가리지 않고 모두 — 충족되지 않은 소망들, 즉 동경까지도 역시 — 잘 가꾸었다. 그는 동경을 사랑하되 동경 그 자체 때문에 사랑했으며, 자기 자신에게 이르기를, 충족이 되면 이미 최선의 것은 사라지고 말 것이라고 했다. 고요한 봄날 저녁의 감미로운, 괴로운, 막연한 고통과 희망이 여름과 더불어 주어지는 모든 충족보다도 더 즐거운 것이 아닐까? — 정말이지, 그는 일종의 도락가였다, 그 키 작은 프리데만 씨는!

사람들은 아마도 이 사실을 모르면서, 길거리에서 그를 만나면 예의 연민 어린 친절한 말투로 그에게 인사를 했을 것이다. 그러나 이런 태도에 그는 예전부터 이미 익숙해져 있었다. 그들은 거기 밝은색 외투에다 번쩍이는 실크해트를 쓰고 (이상한 일이지만 그에겐 약간 허영심이 있었다.) 우스꽝스러운 거드름을 피우며 거리를 활보해 가는 그 불행한 불구자가 자기를 외면한 채 슬며시 흘러가는 이 인생을, 비록 대단히 열렬하게는 아니더라도 그가 자신을 위해 스스로 창조해 낸 고요하고 안온한 행복감에 충만해서, 정성을 다해 사랑하고 있다는 사실을 몰랐다.

5

그러나 프리데만 씨의 주된 취미, 그가 홀딱 빠진 원래의 취미는 연극이었다. 그는 비상히 강한 연극적 감각을 지니고 있어서, 그 어떤 의미심장한 무대 효과, 이를테면 비극의 대단원 같은 때에는 그의 작은 온몸을 부들부들 떠는 일도 있었다. 그는 시립 극장의 2층 정면 특등석에 자신의 고정 좌석을 두고 그곳을 규칙적으로 찾았다. 이따금 그의 세 누나들이 그곳까지 그를 동반하기도 했다. 그들은 어머니가 죽은 이후 그와 공동으로 소유하게 된 그 옛집에서 자신들과 남동생을 위해 살림을 꾸려 나가고 있었다.

그들은 유감스럽게도 아직도 여전히 결혼을 못 한 채였다. 그들은 이미 오래전에 스스로 분수를 깨닫고 체념하는 나이에 도달해 있었는데, 맏이 프리데리케는 프리데만 씨보다 열일곱 살이나 많았다. 그녀와 바로 아래 동생 헨리에테는 키가 좀 지나치게 크고 여윈 감이 있는 한편, 막내 피피는 너무 키가 작고 뚱뚱해 보였다. 말이 나왔으니 말인데, 이 피피는 우스꽝스러운 버릇을 한 가지 가지고 있었다. 말을 한마디씩 할 때마다 몸을 떨었으며 그와 동시에 양 입가에 거품을 물었다.

키 작은 프리데만 씨는 이 세 처녀에 관해서는 별로 개의치 않았다. 그러나 그들 셋은 변치 않고 서로 단합해 왔으며 항상 같은 의견이었다. 특히 그들은 아는 사람들 가운데 누가 약혼식을 하게 되면 이것이 정말 매우 반가운 일이라고 입을 모아 강조했다.

그들의 남동생은 슐리포크트 씨의 목재상을 떠나, 너무 과도하게 일하지 않아도 되는 대리점 또는 그와 유사한 어떤 작은 상점을 인수함으로써 독립적인 장사를 하게 되었을 때에도 역시 그들이 있는 곳에서 계속 함께 살았다. 그는 식사 시간에만 층계를 올라가면 되도록 그 집의 아래층에 두어 개의 방을 썼는데, 이것은 그가 가끔씩 약간의 천식을 앓았기 때문이었다.

화창하고 따스한 6월의 어느 날, 서른 살 되는 생일에 그는 점심 식사 후 회색의 정원용 천막 안에서, 헨리에테가 그를 위해 짜 준 새 목도리를 하고서 고급 시가 한 대를 입에 문 채 손에는 한 권의 고전을 들고 앉아 있었다. 이따금 그는 그 책을 옆으로 밀치고는 해묵은 호두나무 위에 앉은 참새들의 즐거운 지저귐에 귀를 기울였으며, 집으로 통하는 정결한 자갈길과 다채로운 꽃 장식의 화단이 있는 잔디밭을 바라보았다.

키 작은 프리데만 씨는 턱수염이 없었으며 그의 얼굴은 전체 윤곽이 약간 더 날카로워졌을 뿐 거의 변한 데가 없었다. 섬세한 담갈색 머리칼은 옆으로 말쑥하게 가르마가 타져 있었다.

한번은 그가 책을 아주 무릎 위에 떨구고는 햇빛이 비치는 창공을 올려다보면서 눈을 깜빡였는데 그때 그는 자신에게 말했다. ── '이제 삼십 년이 지났군. 아마 아직도 한 십 년 남았겠지. 아니 이십 년이 남았는지도 모르지. 하느님만이 아실 거야. 다가오는 날들도 흘러간 세월이 그랬던 것처럼 고요

하게 와서는 소리 없이 흘러가겠지. 난 평화로운 마음으로 다가오는 날들을 기다리고 있어.'

6

같은 해 7월에 온 세상을 떠들썩하게 한 저 관구 사령관의 경질이 있었다. 오랫동안 그 자리에 있었던 그 뚱뚱하고 쾌활한 신사는 사교계에서 대단히 인기가 있었기에 모두들 그와 작별하는 것을 서운하게 생각했다. 어떤 사정으로 이렇게 된 것인지는 몰라도 이제 수도 출신의 폰 린링엔 씨가 이곳에 부임하게 된 것은 기정 사실이었다.

사실 이 인사 이동은 별로 나쁘지 않은 것처럼 보였다. 이렇게 말할 수 있는 것은 기혼이긴 하지만 애가 없는 이 신임 육군 중령이 그 도시의 남쪽 교외에다 대단히 큰 저택을 빌림으로써 사람들은 그가 화려한 사교 생활을 벌일 심산임을 미루어 짐작할 수 있었기 때문이다. 어쨌든 그에게 재산이 아주 비상히 많다는 풍문은 그가 네 명의 심부름꾼, 다섯 필의 승마 및 수레용 말, 란다우식 4인승 마차 한 대에다 가벼운 수렵용 마차 한 대까지 이끌고 왔다는 사실만으로도 입증되었다.

그 부부는 도착하자마자 곧 명문가들을 방문하기 시작했으며 그들의 이름은 모든 사람들의 입에 오르내렸다. 그렇지만 주된 관심의 대상은 폰 린링엔 씨 자신이 아니라 그의 부인이었다. 남자들은 어리둥절해하면서 아직은 미처 판단을 내리지 못하고 있었지만, 부인들은 게르다 폰 린링엔의 사람됨과 본성에 노골적으로 반감을 드러냈다.

"수도의 티를 엿볼 수 있는 것, 그래, 그건 당연해." 하고 변호사 하겐슈트룀 씨의 부인이 헨리에테 프리데만과 나누는 대화 중에 자기 의견을 말했다. —"담배를 피우고 승마를 하고 — 좋다 이거예요! 그러나 그 여자의 행동거지는 자유로운 것이라고만 할 수는 없어요. 그건 버릇없는 거예요. 아니, 버릇없다는 말로도 부족해요……. 아시다시피 그 여자는 전혀 못생긴 편이 아니지요. 귀엽게 생겼다고도 볼 수 있겠죠. 그럼에도 불구하고 그 여자에겐 여자로서의 매력이 한 가지도 없거든요. 그 여자의 눈길, 웃음, 몸짓에는 남자들이 사랑하는 모든 것이 결여되어 있어요. 그 여자는 애교가 없어요. 세상 모두가 애교가 없는 것을 탓한다 해도 난 결코 애교가 없다고 해서 누굴 탓할 사람이 아니에요. 하지만 그렇게 젊은 여자가 — 그 여잔 스물네 살이에요. — 자연스러운 고상한 매력을…… 깡그리 잃어버려도 될까요? 이봐요, 난 표현은 잘 못 하지만 내가 하는 말의 뜻은 알아요. 이곳 남자들은 아직까지도 어리벙벙해 있지만, 어디 두고 보세요, 이제 한두 주만 지나면 완전히 싫증이 나서 그 여자한테서 등을 돌리고 말 테니까요."

"글쎄요." 하고 프리데만 양이 말했다. "그녀는 정말 굉장한 보살핌을 받고 그걸 누리고 있는데요."

"그래요, 그 여자의 남편이 부자니까요!" 하고 하겐슈트룀 부인이 외쳤다. —"그 여자가 남편을 어떻게 취급하는지 아세요? 그걸 보셔야 해요! 장차 그걸 보게 되실 거예요! 나도, 모름지기 결혼한 부인이라면 이성(異性)에 대해 어느 한도까지는 거부적인 태도를 취해야 한다고 극력 주장하는 사람이에요. 그런데 그 여자가 자신의 남편에게 어떻게 행동하는지 아세요? 그 여자는 얼음같이 차가운 눈초리로 그를 쳐다보면서, 동정 어린 억양으로 '이 친구!' 하고 말을 건네는데, 난 그걸 보고 분개했어요. 분개한 이유를 납득하려면 그때 그 남자를 봤어야 해요. ── 단정하고 튼튼하며 기사다운 그는 건강 상태가 양호한 사십 대의 늠름한 남자로서 뛰어난 장교였어요! 결혼한 지 사 년 되는 사이라니까요, 글쎄…….”

7

키 작은 프리데만 씨가 처음으로 폰 린링엔 부인을 바라볼 수 있게 된 곳은 거의 상점들만이 즐비해 있는 중앙로에서였다. 이 만남은 정오 무렵에 일어났는데 그때 그는 마침 증권 거래소에서 한마디 발언권을 행사하고 거기서 나오는 참이었다.

둥그스름하게 턱수염을 깎은 데다 소름이 끼칠 정도로 두꺼운 눈썹을 하고 비상히 큰 키에다 양어깨가 딱 벌어진 신사인 도매상 슈테펜스의 곁에서, 그는 보잘것없이 조그만 몰골을 한 채 점잔을 빼면서 산보를 하고 있었다. 두 사람 다 실크해트를 쓰고 있었고, 매우 더운 탓에 외투의 단추를 풀어 놓고 있었다. 그들은 산보용 지팡이로 박자에 맞게 보도 위에다 딱딱 소리를 내어 가며 정치에 관한 얘기를 하고 있었다. 그러나 그들이 그 거리의 중간쯤 다다랐을 때 갑자기 도매상 슈테펜스가 말했다.

“내 단언하건대 저기 마차를 타고 이리로 오는 게 린링엔 가족임에 틀림없을 것 같소.”

"흠, 그거 잘됐군그래." 하고 프리데만 씨는 그의 약간 날카로운 높은 목소리로 말하면서 기대에 차서 똑바로 바라보았다. "사실 난 아직까지도 그녀의 얼굴을 보지 못했어요. 저기 노란 마차가 보이는군요."

아닌 게 아니라 폰 린링엔 부인이 오늘 사용하고 있는 것은 그 노란 마차임에 틀림없었다. 그런데 그녀는 하인을 그녀의 뒷자리에 팔짱을 낀 채 앉혀 두고 두 마리의 흰칠한 말을 자신이 손수 몰고 있었다. 그녀는 품이 큰, 아주 밝은 색깔의 윗옷을 입었고 치마도 역시 밝은 빛깔이었다. 갈색의 가죽 리본이 달린 작고 둥근 밀짚모자 아래에는 붉은색이 도는 금발이 비어져 나와 보였으며, 그 금발은 귀밑에서 잘 다듬어져 있었고, 굵은 다발 하나가 목 아래까지 길게 드리워져 있었다. 그녀의 갸름한 얼굴의 피부색은 유백색이었으며, 유달리 서로 근접해 있는 갈색의 두 눈 가장자리에는 푸르스름한 그늘이 드리워져 있었다. 그녀의 짧은, 그러나 정말 잘생긴 코의 위쪽에 있는 조그만 콧마루에는 주근깨가 덮여 있었는데, 이것이 그녀에게 어울렸다. 그러나 그녀의 입술이 아름다운지 어떤지는 알아볼 수 없었으니 그것은 그녀가 아랫입술을 끊임없이 앞으로 내밀어서는 윗입술에다 비비댔다가는 또다시 바로 하곤 했기 때문이었다.

도매상 슈테펜스는 마차가 다가오자 대단히 정중한 태도로 인사했으며, 키 작은 프리데만 씨도 눈을 크게 뜨고 폰 린링엔 부인을 주의 깊게 바라보면서 모자를 벗어 보였다. 그녀는 자신의 말채찍을 내리고 고개를 가볍게 끄덕여 보였으며, 좌우의 집들과 쇼윈도를 관찰하면서 천천히 지나갔다.

몇 발자국 더 걸어간 뒤에 도매상이 말했다.

"마차로 한 바퀴 돌고 이제 집으로 가는 길이군요."

키 작은 프리데만 씨는 대답을 하지 않고 멍하니 포석을 내려다보며 걷고 있었다. 그리고 나서 그는 갑자기 도매상을 쳐다보면서 물었다.

"무슨 말씀을 하셨던가요?"

그래서 슈테펜스 씨는 그의 통찰력 있는 말을 다시 되풀이하지 않으면 안 되었다.

8

사흘 뒤에 요하네스 프리데만은 언제나처럼 산보를 나갔다가 낮 12시 즈음에 집으로 돌아왔다. 12시 반에 점심을 들었다. 그리고 나서 그는 반 시간 예정으로 현관 바로 옆, 바로 오른쪽에 있는 그의 '집무실'을 향하여 막 내려가려던 참이었다. 그때 하녀가 마루를 건너오며 그에게 말했다.

"손님이 와 계십니다. 프리데만 씨."

"나한테?" 하고 그가 물었다.

"아뇨, 위층의 아씨들께요."

"누군데?"

"육군 대령 폰 린링엔 부부이십니다."

"아, 그래." 하고 프리데만 씨는 말했다. ──"그렇다면 어디 나도……."

그리하여 그는 층계를 올라갔다. 그는 위층의 큰 마루를 가로질러 걸어가서는 '풍경실'로 통하는 높고 흰 문의 손잡이를 이미 손에 잡았다가 문득 그만두고 한 발자국 물러서서 등을 돌렸다. 그러고는 그가 이곳으로 올 때처럼 다시금 천천히 그곳을 떠났다. 그러고는 완전히 혼자였음에도 불구하고 그는 아주 큰 소리로 혼잣말을 하는 것이었다.

"아니야, 차라리 그만두자……."

그는 '집무실'로 내려가서는 책상 앞에 앉았다. 그러고는 손에 신문을 들었다. 그러나 일 분 후에 그는 그것을 다시 떨구어 버리고 창밖을 비스듬히 내다보았다. 하녀가 와서 식사 준비가 되었다고 보고할 때까지 그는 그렇게 앉아 있었다. 그는 누이들이 이미 자기를 기다리고 있는 식당으로 올라갔다. 그러고는 세 권의 악보가 포개진 그의 의자 위에 자리를 잡고 앉았다.

수프를 접시에 따르던 헨리에테가 말했다.

"요하네스, 여기에 누가 왔었는지 알아?"

"누군데?" 하고 그가 물었다.

"신임 육군 대령 부부."

"그래." 하고 피피가 말하면서 입 가장자리에 거품을 머금었다.

"내 판단으론 둘 다 아주 호감이 가는 사람들이더라."

"어쨌든." 하고 프리데리케가 말했다. ──"우린 답례 방문을 미루어서는 안 돼. 내가 제안하겠는데 우리 내일모레 일요일에 가면 어떨까?"

"일요일로 하자." 하고 헨리에테와 피피가 말했다.

"너도 우리와 함께 갈 거지, 요하네스?" 하고 프리데리케가 물었다.

"말하나 마나지!" 하고 피피가 말하면서 몸을 떨었다. 프리데만 씨는 멍하니 있다가 이 묻는 말을 전혀 알아듣지 못하고서 조용하고 소심한 표정으로 그의 수프를 먹었다. 그 모습은 마치 그가 그 어디론가, 그 어떤 섬뜩한 소리에 귀를 기울이고 있는 것 같았다.

9

다음 날 저녁 시립 극장에서는 「로엔그린」을 상연했는데, 모든 교양인들이 그것을 참관했다. 그 작은 극장 안은 위에서부터 아래에 이르기까지 꽉 들어찼으며 와글거리는 소리, 가스 냄새, 향수 내음으로 가득 차 있었다. 그러나 모든 오페라글라스들은 1층과 2층을 막론하고 다 같이 무대의 바로 오른쪽 옆에 위치한 특별관람석 13호로 향하고 있었으니, 그 까닭인즉 거기에 오늘 처음으로 폰 린링엔 씨 부처가 나타났기 때문이었다. 이제 사람들은 이 부부를 한번 속속들이 살펴볼 기회를 얻게 되었던 것이다.

키 작은 프리데만 씨가 뾰족하게 튀어나온, 화사한 흰색 셔츠의 칼라를 가슴께에 끼운 채 나무랄 데 없는 검정색 예복 차림으로 자신의 특별관람석 ─ 13호 관람석 ─ 에 들어섰을 때 그는 정말 멈칫 놀라 뒤로 물러서면서 한 손을 이마로 가져갔다. 그리고 그의 양 콧방울이 한동안 경련적으로 벌름거렸다. 그러나 다음 순간, 그는 폰 린링엔 부인의 왼쪽 좌석인 자기 의자에 자리를 잡고 앉았다.

그녀는 그가 앉는 동안 잠시 그를 주의 깊게 바라보면서 아랫입술을 앞으로 내밀었다. 그러고는 그녀의 뒤에 서 있는 남편과 몇 마디 말을 주고받기 위해 몸을 돌렸다. 그 사람은 빗질한 콧수염에다 갈색 피부의 친절한 얼굴을 한, 키가 크고 어깨가 넓은 신사였다.

서곡이 시작되고 폰 린링엔 부인이 난간 위에 몸을 기대었을 때 프리데만 씨는 재빠르게 살짝 곁눈질하여 그녀를 훑어보았다. 그녀는 밝은 빛깔의 야회복 차림이었으며, 거기 입석한 부인네들 중에서 유일하게 약간 가슴이 파인 옷을 입고 있기까지 했다. 그녀의 옷소매는 대단히 넓고 불룩했으며 흰 장갑은 팔꿈치 있는 데까지 올라와 있었다. 오늘 보니 그녀의 자태는 어떤 풍만함을 지니고 있었다. 먼젓번에는 그녀가 품이 큰 상의를 입고 있었던 까닭에 이런 사실이 눈에 띄지 않았던 것이다. 그녀의 가슴은 풍만하고도 완만하게 오르내리고 있었고, 붉은빛이 도는 금발을 땋은 매듭이 목덜미까지 무겁게 축 늘어트려져 있었다.

프리데만 씨는 창백했다, 평상시보다 훨씬 더 창백했다. 그리고 말끔하게 가르마를 탄 갈색 머리카락 아래 이마 위에는 작은 땀방울이 송글송글 맺혀 있었다. 폰 린링엔 부인은 난간의 붉은 우단 위에 놓인 그녀의 왼팔에 끼고 있던 장갑을 벗었다. 그리하여 그는, 아무것도 끼지 않은 그녀의 손이 그런 것처럼, 온통 푸르스름한 정맥으로 뒤덮여 있다시피 한 그녀의 팔 — 그 통통한 유백색의 팔 — 을 자꾸만 바라보게 되었다. 보지 않으려고 해도 별 도리가 없었다.

바이올린들이 음을 켜고 거기에다 나팔들의 소리가 함께 울려 퍼졌다. 텔라문트 백작이 거꾸러지고 오케스트라는 전반적인 환호의 파도로 뒤덮였다. 그런데 키 작은 프리데만 씨는 머리를 두 어깨 사이에 푹 처박고서 한쪽 집게손가락을 입에 갖다 대고 다른 손은 상의의 옷깃 안에 넣은 채 꼼짝도 하지 않고 창백한 모습으로 조용히 앉아 있었다.

막이 내리는 동안 폰 린링엔 부인은 일어나서 그녀의 남편과 함께 특별관람석을 떠났다. 프리데만 씨는 몸을 돌려 직접 보지 않고도 이 광경을 보았다. 그는 손수건으로 가볍게 이마를 닦고 갑자기 일어나서 복도로 통하는 문이 있는 데까지 갔다가 다시 발길을 돌려 자기 자리에 와 앉았다. 그는 조금 전에 그가 하고 있던 자세로 꼼짝도 하지 않고 거기에 머물러 있었다.

신호 벨이 울려 퍼지고 그의 이웃들이 다시 실내로 들어왔을 때 그는 폰 린링엔 부인의 두 눈동자가 자기를 주시하고 있음을 느꼈으며, 자신도 모르는 사이에 그녀를 향해 고개를 쳐들었다. 그들의 눈길이 서로 마주쳤을 때 그녀는 조금도 시선을 피하지 않고 털끝만큼도 당황하는 기색 없이 그를 주의 깊게 계속 관찰했다. 그래서 결국 그 자신 쪽에서, 어쩔 수 없이 굴욕적으로 두 눈을 내리깔고 말았다. 이때 그는 더욱 창백해졌으며, 그의 마음속에는 이상한, 달콤하게 녹아드는 듯한 어떤 노여움이 끓어올랐다…… 음악이 시작되었다.

2막의 끝 무렵에 폰 린링엔 부인이 자신의 부채를 떨어뜨려서 그것이 프리데만 씨 옆의 마룻바닥으로 떨어지는 일이 일어났다. 두 사람은 동시에 허리를 굽혔으나 그녀 자신이 부채를 주워 올렸다. 그래서 그녀는 조롱기가 있는 미소를 띠고 말했다.

"감사합니다."

방금 그들의 머리가 아주 바싹 붙은 채 나란히 있게 되었고 그는 한동안 그녀 가슴의 따뜻한 향내를 들이쉬지 않을 수 없었다. 그의 얼굴은 찌푸려졌고 온몸이 오그라들었으며, 가슴은 숨 막힐 정도로 엄청나게 무겁고 심하게 헐떡헐떡 뛰었다. 그는 한 삼십 초 더 그렇게 앉아 있다가 의자를 뒤로 밀어젖히고 조용히 일어서서 소리 없이 그곳을 빠져나갔다.

10

그는 뒤따라오는 음악 소리를 들으며 복도를 건너가서, 외투 보관실에서 그의 실크해트, 밝은색 외투 그리고 지팡이를 받아 들었다. 그러고는 층계를 내려와 거리로 나왔다.

따뜻하고 고요한 저녁이었다. 가스등의 불빛 속에서 회색의 합각머리 집들이 하늘을 향해 묵묵히 서 있었으며 하늘에는 별들이 밝고 부드럽게 반짝이고 있었다. 프리데만 씨와 마주친 불과 몇 사람의 발소리가 포도 위에 저벅저벅 울렸다. 누군가가 그에게 인사를 했지만 그는 그것을 보지 못했는데, 왜냐하면 그가 고개를 푹 숙이고 있었기 때문이었다. 그리고 그의 높고 좁다란 가슴이 떨려 댄 탓에 그는 거의 숨 쉬지 못할 지경이었다. 이따금 그는 낮은 소리로 혼자 중얼거렸다.

"원, 이럴 수가!"

그는 놀랍고도 걱정스러운 눈길로 자기 자신의 내부를 들여다보았다. — 그가 그다지도 부드럽게 가꾸고 항상 온화하고 현명하게 다루어 왔던 자신의 감정이 이제는 격앙되고 소용돌이치고 마구 휘저어지게 된 꼴을……. 갑자기 그는 어지러움과 도취와 동경과 고통의 상태에 완전히 압도되어 어느 가로등의 기둥에 기대고는 몸을 떨면서 속삭였다.

"게르다!"

모든 것이 조용했다. 이 순간 아주 멀리까지 한 사람의 그림자조차 찾아볼 수 없었다. 키 작은 프리데만 씨는 기운을 차리고 계속해서 걸어갔다. 그는 극장이 위치해 있고 상당히 가파르게 강안으로 내달리는 그 길을 올라갔다가, 이제 중앙로를 따라 북쪽으로, 그의 숙소를 향해 가고 있었다…….

그녀가 어떻게 그를 바라보았던가! 그녀는 그로 하여금 눈을 내리깔도록 강요했었지? 그녀는 자기 시선으로 그의 기를 꺾어 놓지 않았던가? 그녀는 한 여자가 아니라는 말인가? 그리고 그는 한 남자가 아니라는 말인가? 그리고 그때 그녀의 진기한 갈색 눈은 그야말로 기쁨에 떨고 있지 않았던가?

그는 무력하고도 관능적인 증오가 자신의 마음속에서 다시금 치밀어 오르는 것을 느꼈다. 그러나 다음 순간, 그는 그녀의 머리가 자기의 머리와 닿아 그녀의 향긋한 체취를 맡을 수 있었던 저 한순간을 생각했다. 그래서 그는 두번째로 멈춰서서 불구의 상체를 뒤로 젖히고 치아 사이로 공기를 빨아들였다. 그러고 나서는 또다시 완전히 속수무책인 채, 절망적으로, 정신이 나가서 중얼거렸다.

"원, 이럴 수가!"

다시 그는 기계적으로 계속해서, 천천히, 후텁지근한 저녁 공기를 뚫고, 아무도 없이 텅 비고 저벅저벅 발소리가 울리는 거리를 따라 걸어가서는 마침내 자신의 숙소 앞에 서게 되었다. 마루 위에서 그는 한동안 머무적거리면서 거기에 감도는 선선한 지하실에서 나는 듯한 냄새를 흡입했다. 잠시 후 그는 '집무실' 안으로 들어갔다.

그는 열린 창가의 책상 앞에 앉았다. 그는 누군가가 그를 위해 거기 유리잔 안에다 꽂아 놓은 한 송이의 크고 노란 장미를 똑바로 응시했다. 그는 그 장미를 손에 잡고서 두 눈을 감은 채 그 향기를 들이마셔 보았다. 그러나 이윽고 그는 피곤하고 슬픈 몸짓으로 그것을 옆으로 밀쳐 버렸다. 아니다. 아니야, 끝장이야! 이제 와서 이런 향기가 내게 무슨 의미가 있어? 여태까지 이른바 나의 '행복'을 이루어 왔던 그 모든 것이 이제 내게 무슨 의미가 있어……?

그는 옆으로 몸을 돌려 고요한 길거리를 내다보았다. 이따금 사람의 발걸음 소리가 가까이 울려 왔다가 다시 멀어져 갔다. 별들은 총총했고 또 깜빡거렸다. 그는 참으로 피곤한 나머지 녹초가 된 꼴이었다. 그의 머리는 텅 빈 듯했고 그의 절망은 크고 부드러운 비애 속으로 녹아들기 시작했다. 한두 줄의 시가 그의 머릿속에 떠올랐고 「로엔그린」의 음악이 다시금 그의 귓가에 울렸으며 그는 한 번 더 폰 린링엔 부인의 자태를, 붉은 우단 위에 올려놓은 그녀의 흰 팔을 자기 눈앞에 그려 보았다. 그러다가 무겁고 열에 들뜬 잠에 깊이 빠져 들어갔다.

11

이따금 깨어나기 직전의 상태에까지 도달하곤 했지만 그는 깨어나는 것을 두려워했으며 그때마다 새로이 무의식 속으로 침잠하곤 했다. 그러나 날이 완전히 밝자 그는 두 눈을 뜨고, 크고 고통스러운 눈길로 자기 주변을 둘러보았다. 모든 것이 정확하게 그의 영혼에 비쳤는데, 마치 그의 고뇌가 잠을 자는 동안에도 전혀 중단되지 않은 듯했다.

머릿속은 어찔하였고 두 눈은 화끈거렸다. 그러나 세수를 하고 오드콜로뉴로 이마를 축이자 기분이 좀 나아졌다. 그는 아직까지 열려 있는 창문 곁의 자기 자리로 조용히 다시 가 앉았다. 아직도 매우 이른 아침, 약 5시경이었다. 가끔 빵 가게의 심부름꾼 소년만 지나갈 뿐 그 외에는 아무도 보이지 않았다. 길 건너편에는 아직 모든 덧문이 닫혀 있었다. 그러나 새들은 이미 지저귀고 있었으며 하늘은 찬연히 푸르렀다. 정말 아름다운 아침이었다.

갑자기 어떤 안온한 친숙감 같은 것이 키 작은 프리데만 씨에게 찾아왔다. 무엇 때문에 불안해하고 있는가? 모든 것이 여느 때와 같지 않은가? 어제는 좀 나쁜 발작이 있었다 치더라도 이제 그걸 끝장내야지! 너무 늦은 건 아니야! 아직도 난 파멸에서 벗어날 수 있어. 그런 발작을 새로이 유발시킬지도 모를 모든 계기를 피하지 않으면 안 돼! 그는 그렇게 할 수 있는 힘을 느꼈다. 그는 그것을 극복하고 또 그것을 자기 내면에서 완전히 억눌러 버릴 수 있는 힘을 느꼈다……

시계가 7시 반을 치자 프리데리케가 들어와서, 뒷벽에 바싹 붙여 놓은 가죽 소파 앞에 있는 둥근 식탁 위에다 커피를 갖다 놓았다.

"잘 잤니, 요하네스?" 하고 그녀가 말했다. "여기 아침 식사 가져왔어."

"고마워요." 하고 프리데만 씨가 말했다. 그리고 조금 있다가 이렇게 덧붙여 말했다. "누님, 미안하지만 오늘 가기로 한 그 방문 약속에서 날 좀 빼 줘야겠는걸. 난 오늘 몸 상태가 그다지 좋지 않아서 누님들과 동행할 수 없겠어. 잠을 잘 못 잔 데다 두통이 있어. 요컨대 제발 부탁이니……"

프리데리케가 대답했다.

"그것참 안됐군. 그래도 넌 그곳 방문을 영영 그만둬서는 절대 안 된단다. 하지만 네가 아프게 보이는 건 사실이야. 내 편두통 치료용 씹는 담배 좀 주련?"

"괜찮아요." 하고 프리데만 씨가 말했다. "곧 지나갈 것 같아요." 그리고 프리데리케는 나갔다.

그는 탁자에 다가선 채 천천히 커피를 마셨으며 곁들여서 뿔 모양의 조그만 빵 하나를 먹었다. 그는 자신에게 흡족해했고 자기의 과단성에 대해서도 자부심을 느꼈다. 식사가 끝나자 그는 시가를 한 대 물고는 다시금 창가에 앉았다. 아침 식사를 하고 나니 기분이 좋아졌다. 그는 행복하고도 희망에 찬 자신을 느꼈다. 그는 한 권의 책을 집어 들고 읽었으며 담배를 피우다가는 눈을 깜빡거리면서 햇빛이 비치는 바깥쪽을 내다보았다.

거리는 이제 활기를 띠고 있었다. 마차 구르는 소리, 사람들의 말소리 그리고 말들이 끄는 궤도차의 딸랑거리는 소리가 실내에 있는 그에게까지 울려왔다. 그러나 이 모든 것 가운데서도 새들이 지저귀는 소리가 들렸고, 찬연히 푸르른 하늘에서는 부드럽고 따뜻한 공기가 불어오고 있었다.

10시경에 그는 누이들이 마루를 건너오는 소리를 들었고 대문이 삐걱거리는 소리를 들었으며, 이윽고 세 숙녀가 창 옆으로 스쳐 지나가는 것을 보았으나 그런 데에 특별히 관심을 두지는 않았다. 한 시간이 지나갔다. 그는 점점 더 자신이 행복하다고 느꼈다.

일종의 자만심이 그의 가슴을 가득 채우기 시작했다. 이 얼마나 좋은 공기며 새들은 얼마나 아름답게 지저귀는가! 산보를 조금 하는 건 어떨까? ─ 그런데 그때 갑자기, 아무런 딴 생각도 없이, 그의 머릿속에 달콤한 경악과 함께 이런 생각이 치밀어 올랐다. 그녀한테로 가 보면 어떨까? 이윽고 그는 갖가지 불안한 경고들을 그야말로 불끈 힘주어 억눌러 버리면서, 일종의 도취적 단호성을 드러내며 덧붙여 말했다. ─ 난 그녀한테로 가겠어!

그는 자신의 일요일용 검정 외출복을 차려입고는 실크해트와 지팡이를 집어 들었다. 그러고는 빨리 그리고 성급하게 숨을 몰아쉬면서 시내를 주욱 지나쳐 남쪽 교외로 갔다. 사람 하나 쳐다보는 법도 없이 그는 한 발자국씩 떼어 놓을 때마다 완연히 그 어떤 도취적 무아경에 빠진 채 열심히 고개를 들었다가는 숙이고 들었다가는 숙이곤 했다. 그는 마침내 저 성 밖 마로니에로(路)에 있는 붉은 저택 앞에 서게 되었다. 그 저택 입구에는 '육군 대령 폰 린링엔'이라고 적혀 있었다.

12

여기서 그는 몸을 부르르 떨지 않을 수 없었다. 그의 심장은 경련하듯 두근거리며 가슴 쪽으로 세차게 헐떡헐떡 뛰었다. 그러나 그는 포석이 깔린 길을 걸어가서 실내가 쩌르렁 울리도록 벨을 눌렀다. 이제 주사위는 던져지고 말았으니 후퇴란 있을 수 없지. 모든 것이 될 대로 되라지! ─ 하고 그는 생각했다. 그의 내부는 갑자기 쥐 죽은 듯 조용해졌다.

문이 열리고 하인이 대합실을 건너 그에게로 다가와서는 명함을 받아 들고 붉은 융단이 깔린 계단을 서둘러 올라갔다.

프리데만 씨가 이 융단을 꼼짝 않고 응시하고 있으려니 이윽고 하인이 돌아와서는 귀부인께서 위로 모시고 오라는 분부를 내렸다고 알려 주었다.

위층 사교실 옆에서 그는 지팡이를 세워 둔 다음 힐끗 거울을 보았다. 그의 얼굴은 창백했으며 머리카락은 핏발이 선 두 눈 위쪽의 이마에 달라붙어 있었다. 실크해트를 든 그의 손은 제어할 수 없을 정도로 떨리고 있었다.

하인이 문을 열었다. 그리고 그는 들어섰다. 그는 상당히 크고 어스름한 방 안에 들어서게 되었다. 방이 어스름한 까닭은 창문들에 커튼을 내리쳐 뒀기 때문이었다. 오른편에는 큰 피아노 한 대가 서 있었고 한가운데에 놓인 원탁 주변엔 갈색 비단으로 싸인 안락의자들이 배열되어 있었다. 왼쪽의 측벽에 바싹 붙여 놓은 소파의 위쪽에는 육중한 도금 액자 안에 든 풍경화 한 폭이 걸려 있었다. 양탄자 역시 어두운 색깔이었다. 뒤편의, 돌출창이 있는 전망실(展望室)에는 종려나무들이 서 있었다.

일 분이 지나자 폰 린링엔 부인이 오른쪽의 커튼을 젖히고 두꺼운 갈색 융단 위를 소리 없이 가로질러 그에게 다가왔다. 그녀는 아주 단순하게 디자인을 한, 붉고 검은 바둑판 무늬의 옷을 입고 있었다. 전망실로부터는 먼지 입자들까지 훤히 비쳐 보이는 광선 줄기 하나가 곧게 죽 내리 떨어지고 있었는데, 이것이 그녀의 붉고 숱이 풍성한 머리카락 위에 닿았다. 그러자 그녀의 머리카락은 일순간 황금색으로 빛났다. 그녀는 탐색하듯 자신의 특이한 두 눈으로 그를 응시하며 여느 때처럼 아랫입술을 앞으로 내밀었다.

"부인!" 하고 프리데만 씨는 말하기 시작하면서 그녀 쪽의 허공을 쳐다보았다. 그럴 수밖에 없는 것이, 그의 키는 고작 그녀의 가슴께까지밖에 닿지 않았기 때문이었다. "저도 역시 부인을 예방(禮訪)하고 싶었습니다. 먼젓번에 부인께서, 영광스럽게도 제 누님들을 방문하셨을 때는 제가 유감스럽게도 부재중이었으며…… 그것을 매우 유감스럽게 생각했던 터라……."

이제 그는 더 이상 할 말을 찾지 못했다. 그러나 그녀는 그대로 서서 마치 그에게 계속해서 말할 것을 강요하려는 듯 가차 없이 그를 바라보았다. 갑자기 온몸의 피라는 피는 모두 그의 머리로 치올랐다. '이 여자가 나를 괴롭히고 우롱하려는구나!' 하고 그는 생각했다. '이 여자는 내 속을 꿰뚫어 보고 있어! 이 여자의 두 눈이 떨고 있군…….' 마침내 그녀는 아주 밝고 대단히 맑은 목소리로 말했다.

"이렇게 와 주시다니 당신은 정말 친절하시군요. 최근에 나 역시 당신을 만나지 못한 것을 유감으로 여겼답니다. 좀 앉아 주시겠어요?"

그녀는 그의 옆 가까이에 앉았으며, 두 팔을 안락의자의 양 팔걸이 위에 올려놓고는 몸을 뒤로 기대었다. 그는 몸을 약간 앞으로 굽히고 앉았으며 모자를 두 무릎 위에 올려놓고 있었다. 그녀가 말했다.

"불과 십오 분 전에 당신의 누님들이 여기를 다녀가신 걸 아시나요? 누님들은 내게 당신이 편찮으시다고 말씀해 주셨죠."

"그건 사실입니다." 하고 프리데만 씨가 대답했다. "오늘 아침 저는 몸이 좋지 않았습니다. 저는 외출할 수 없으리라 생각했지요. 늦게 온 데 대해 용서를 빕니다."

"당신은 지금도 여전히 좋아 보이지 않네요." 하고 그녀는 아주 조용히 말하면서 그를 정면으로 바라보았다. "당신은 창백하십니다. 그리고 두 눈은 충혈되어 있고요. 건강이 원래 좋지 않으신 모양이죠?"

"아······." 하고 프리데만 씨는 더듬거렸다. "저는 대체로 만족하고 있습니다······."

"나 역시 많이 아픈 사람이에요." 하고 그녀는 말을 이어 가면서도 두 눈을 그에게서 돌리는 법은 없었다. "그러나 아무도 그걸 알아차리지 못한답니다. 신경이 날카롭지요. 그래서 그런 이상야릇한 상태들을 잘 알지요."

그녀는 침묵했다. 그러고는 턱을 가슴 위에 댄 채 그를 아래에서부터 쳐다보면서 기다렸다. 그러나 그는 대답하지 않았다. 그는 잠자코 앉아서 눈을 크게 뜨고 생각에 잠긴 시선을 그녀에게 보내고 있었다. 이 여자의 말투는 얼마나 이상한가! 그리고 이 여자의 밝고 연약한 목소리는 얼마나 감동적인가! 이제 그의 심장은 안정을 되찾은 것 같았다. 그는 마치 꿈꾸는 듯한 기분이었다. ― 폰 린링엔 부인은 새로이 말을 시작했다.

"제 기억이 틀리지 않는다면, 당신은 아마 어제 공연이 끝나기 전에 극장을 나가셨지요?"

"그렇습니다, 부인."

"난 그걸 유감스럽게 생각했지요. 그 공연은 좋지 않았지만, 어쩌면 단지 비교적 좋다고 할 수밖에 없었지만, 당신은 제 옆자리에 앉은 경건한 관객이셨으니까요. 음악을 좋아하시나요? 피아노를 치시는지요?"

"바이올린은 약간 켤 줄 압니다만." 하고 프리데만 씨가 말했다. "다시 말씀드리자면, 켤 줄 안다고 할 것도 없는 수준이랍니다……."

"바이올린을 연주하신다고요?" 하고 그녀가 물었다. 그러고 나서 그녀는 그를 스쳐 허공을 바라보면서 생각에 잠겼다.

"그렇다면 우리는 가끔 함께 연주를 할 수 있겠네요." 하고 그녀가 갑자기 말했다. "나는 약간 반주를 할 수 있지요. 여기서 이렇게 합주할 상대를 발견한 것이라면 기쁘겠습니다……. 와 주시겠어요?"

"저는 기꺼이 부인의 뜻에 따르겠습니다." 하고 그는 아직도 꿈속에 있는 것처럼 말했다. 잠깐 침묵이 생겼다. 그때 갑자기 그녀의 얼굴 표정이 달라졌다. 그는 그녀의 얼굴이 거의 눈치챌 수 없는 잔인한 조롱기 속에서 일그러지는 모습을 보았으며, 그녀의 두 눈이 전에도 이미 두 번이나 그랬듯이 몸서리처지게 떨면서 그를 탐색하듯 응시하는 모습을 보았다. 그의 얼굴은 발갛게 달아올랐다. 그는 시선을 어디에 두어야 할지 몰라 완전히 쩔쩔매며 제정신을 잃은 채, 고개를 두 어깨 사이에 완전히 푹 떨구었으며, 당황한 상태로 융단을 내려다보았다. 그러나 저 기진맥진하게 하는, 감미로운 고통의 분노가 짧은 경련처럼 다시금 그의 온몸을 스쳐 지나가는 것이었다…….

그가 필사적인 결심을 하고 다시금 눈을 들었을 때 그녀는 더 이상 그를 바라보고 있지 않았다. 그녀의 시선은 조용히 그의 머리 위를 지나서 문 위에 머물러 있었다. 그는 간신히 한두 마디 끄집어내었다.

"부인께서는 이제까지 이곳에서 지내시며 우리 도시에 만족하고 계시는지요?"

"오!" 하고 폰 린링엔 부인은 별로 관심을 보이지 않으면서 말했다. "그럼요. 내가 만족하지 못할 이유가 어디 있겠어요? 하기야 약간 답답하게 느껴지고, 사람들이 나를 관찰하는 듯한 인상을 받긴 하지만……. 참, 말이 나왔으니 말입니다만." 하고 그녀는 곧 이어서 말을 계속했다. "내가 잊기 전에 말씀드릴 것은, 요 며칠 안에 몇몇 분을 우리 집으로 초대할 생각이랍니다. 격식 없는 소규모 모임이지요. 약간의 음악을 연주하거나 소소한 잡담을 즐길 수 있을 거예요……. 더구나 우리 집 뒤에는 참 아름다운 정원이 하나 있는데, 이 정원을 따라 내려가면 강가에 이르게 됩니다. 요컨대 당신과 당신 누님들에게는 물론 별도로 초대장을 보내 드리겠습니다만, 여기서 말이 나온 김에 바로 당신에게 참석해 주시기를 청합니다. 참석해 주시는 영광을 베풀어 주시겠지요?"

프리데만 씨가 감사와 승낙을 채 표할 수 있기도 전에 문손잡이가 힘차게 돌려지더니 대령이 들어왔다. 두 사람은 몸을 일으켰다. 폰 린링엔 부인은 남자들을 서로 소개시켰고, 그러자 그녀의 남편은 아내와 프리데만 씨에게 똑같이 정중하게 허리를 굽혔다. 그의 갈색 얼굴은 더위 때문에 아주 광택이 돌고 있었다.

그는 장갑을 벗으면서 그의 힘차고도 날카로운 음성으로 무엇인가 프리데만 씨에게 말했는데, 프리데만 씨는 정신이 나간 듯한 큰 두 눈으로 그를 아득하게 올려다보면서 그가 친절을 보이며 자기 어깨를 툭툭 쳐 주기를 이제나저제나 하고 기다렸다. 그러나 대령은 발뒤꿈치를 모으고 상체를 약간 앞으로 숙이면서 그의 부인을 향해 돌아섰다. 그러고는 이상하게 낮춘 음성으로 말했다.

"여보, 프리데만 씨에게 우리의 저 조그만 모임에 참석해 주십사 하고 청했소? 당신이 좋다면 내 생각에는 그 모임을 일주일 안에 개최했으면 해요. 바라건대 이런 날씨가 좀 더 지속되어 우리가 정원에서도 지낼 수 있었으면 해요."

"당신 뜻대로 하시죠." 하고 폰 린링엔 부인이 대답하면서 프리데만 씨를 힐끗 스쳐보았다.

이 분 후에 프리데만 씨는 작별을 고했다. 그가 문간에서 다시 한 번 고개를 숙였을 때 그는 표정 없이 그에게 머물러 있는 그녀의 두 눈과 마주쳤다.

13

그는 그곳을 떠났다. 그는 시내로 되돌아가지 않았다. 그리고 의식적으로 그렇게 한 것은 아닌데, 그 가로수로에서 갈라져 나가 강변의 옛 성루로 통하는 어떤 길로 접어들었다. 거기에는 잘 가꾸어진 잔디밭과 그늘진 오솔길 그리고 벤치들이 있었다.

그는 위를 쳐다보지 않고 재빨리, 그리고 깊은 생각 없이 걸었다. 그는 날씨가 견딜 수 없으리만큼 덥게 느껴졌으며, 마치 그의 체내에서 불꽃들이 확 타올랐다가 꺼지는 듯했고 그의 지친 머릿속에서는 피가 사정없이 헐떡이며 뛰고 있는 느낌이었다…….

그녀의 시선이 아직도, 여전히 그의 머리 위에 머물러 있지 않은가? 그러나 그 시선은 지난번처럼 공허하고 무표정한 것이 아니라 조금 전처럼, 그녀가 저 이상하게 가라앉은 투로 그에게 말하고 난 직후에 그랬던 것처럼, 떨리는 잔인성을 지니고 있지 않은가? 아, 그녀는 그를 절망에 빠뜨리고 정신을 못 차리도록 하는 데에 재미를 느끼고 있는 걸까? 그녀는 어쩌면 그의 마음을 꿰뚫어 볼 수 있을 텐데 그에게 약간의 연민도 느낄 수 없단 말인가?

그는 아래쪽 강안을 따라 푸른 풀로 뒤덮인 방축 옆으로 걸어갔다. 그리하여 그는 재스민 덤불이 반원형으로 둘러쳐진 어느 벤치에 앉았다. 주위의 모든 것이 달콤하고도 후텁지근한 향내로 폭 젖어 있었다. 그의 앞에서 태양이, 떨고 있는 수면 위에서, 찌는 듯이 불타고 있었다.

그는 너무나 지친 끝에 녹초가 된 듯한 기분이었다. 그러면서도 그의 심중의 모든 것이 얼마나 고통에 차서 술렁이고 있는가! 다시 한 번 자신의 주변을 살펴보고, 저 조용한 물속으로 내려가 버림으로써 잠깐 동안의 고통을 겪은 다음에 결국 해방되어, 저 건너편 평정의 세계로 구조되는 것이 제일 상책이 아닐까? 아, 그렇다, 평정, 평정이지, 내가 원하는 것은. 그러나 내가 원하는 것은 공허하고 귀머거리처럼 깜깜한 허무에서의 평정이 아니라 선량하고 고요한 사념(思念)으로 충만한, 온화한 양지(陽地)의 평화인 것이다.

이 순간 생에 대한 그의 온갖 부드러운 사랑이 그의 전신을 전율하게 했으며, 잃어버린 행복에 대한 깊은 동경이 그의 전신을 속속들이 떨리게 했다. 그러나 그러고 나서 그는 자기의 주변에서 침묵하고 있는, 무한히 무관심한 자연의 평정을 바라보았다. 강이 햇빛을 받으며 자신의 갈 길을 유유히 가는 모습이며 풀이 떨면서 일렁이는 모습, 꽃들이 곧 시들고 흩날리며 떠나가기 위해 찬연히 피어난 그 자리에 서 있는 모습을 보았으며, 모든 것이 그처럼 말 없는 순종 속에서 현존재에 고개를 숙이고 있는 모습을 보았다. 그러는 동안 갑자기 이 모든 운명 위에 일종의 초연성을 지니고 군림할 수 있는 필연성에 대한 우정과 이해의 감정이 그를 엄습했다.

그는 그가 서른 살이 되던 생일날 오후를 생각했다. 그때 그는 평화를 지닌 가운데 행복하게, 두려움도 희망도 없이 자신의 여생을 내다보고 있다고 믿었던 것이다. 그때 그는 그 어떤 빛도, 그늘도 보지 않았으며, 그의 눈앞에는 모든 것이 온화한 으스름 속에 놓여 있다가 저 뒤쪽 어디에선가 거의 눈에 띄지 않게 슬며시 어둠 속으로 사라져 갔던 것이었다. 그러면 그는 조용하고도 우월감을 지닌 미소를 머금고서, 아직도 다가올 날들을 내다보면서 기다렸던 것이다. 그것이 불과 얼마 전인가?

그때 이 여자가 왔다. 그녀가 와야만 했다. 그것이 그의 운명이었으며, 그녀 자신이, 그녀만이, 그의 운명이었다. 첫 순간부터 그가 이것을 느끼지 못했던가? 그녀가 오고야 말았다. ― 그가 비록 자신의 평화를 지키려고 노력했지만, 그가 젊었을 적부터 자기 내부에 억압해 왔던 모든 것 ― 그것이 그 자신에게는 고통인 동시에 파멸임을 느꼈기 때문에 억압해 왔던 모든 것 ― 이 그녀 때문에 그의 내부에서 폭발해 나오지 않을 수 없었다. 그 모든 것이 제어할 수 없는 엄청난 힘을 지닌 채 그를 움켜잡고는 그를 파멸시키는 것이다!

그것이 그를 파멸시킨다. 그는 그것을 느낄 수 있었다. 그런데 무엇을 위해 아직도 항거하고 자신을 괴롭혀야 하는가? 다 제 갈 길을 가라지! 그도 그의 갈 길을 계속 가며, 운명에 복종하고, 도저히 피해 갈 수 없는 저 너무나도 강력한, 가학적이면서도 감미로운 힘에 굴종하면서, 저기 저 앞에서 입을 딱 벌리고 있는 심연을 앞두고 그만 두 눈을 감아 버리고만 싶었다.

강물은 반짝거렸고 재스민은 짙고 후텁지근한 향내를 뿜어 댔으며 새들은 주변의 나무들 속에서 우짖고 나무들 사이로는 무거운 우단처럼, 푸른 하늘 한 조각이 빛나고 있었다. 그러나 키 작은 곱사등이 프리데만 씨는 아직도 오랫동안 그의 벤치 위에 앉아 있었다. 그는 이마를 양손 안에 받친 채 앞쪽으로 몸을 굽히고 앉아 있었다.

14

린링엔가(家)에서는 담소를 나누기 매우 좋다는 점에 대해서는 모두들 같은 생각이었다. 널찍한 식당을 꿰뚫고 길게 늘어세운, 고상하게 장식된 긴 식탁에는 약 삼십여 명의 손님들이 앉아 있었다. 하인과 두 명의 일당 고용원이 이미 아이스크림을 들고 이리저리 뛰어다니는 참이었으며, 장내에는 잔들이 서로 부딪치는 소리, 그릇들이 달가닥거리는 소리 그리고 음식과 갖가지 향수 들에서 나는 따뜻한 김과 내음이 온통 그득히 차 있었다. 유유자적한 상인들이 부인과 딸들을 데리고 여기에 모여 있었으며 그 밖에도 위수 지역 안의 거의 모든 장교들이 왔고, 인기 있는 노의사 하나, 두서너 명의 법률가 그리고 그 외의 일류 축에 끼는 직업을 가진 사람들이 모여 있었다. 수학을 전공하는 한 대학생도 임석해 있었는데, 그는 대령의 조카로서 현재 삼촌 댁에 손님으로 와 있었다. 그는 프리데만 씨의 맞은편에 자리 잡은 하겐슈트룀 양과 아주 깊은 내용의 대화를 나누고 있었다.

프리데만 씨는 식탁의 아래쪽 말미에서 아름다운 우단 쿠션 의자 위에 앉아 있었는데, 그것은 아름답지 않은 고등학교 교장 부인 곁이었으며, 슈테펜스 영사에 의해 식탁으로 이끌려 온 폰 린링엔 부인과는 멀지 않은 거리였다. 지난 일주일 동안 프리데만 씨에게 일어난 변화는 놀라운 일이었다. 그의 얼굴이 그다지도 창백하게 보이는 이유 중 일부는 아마 홀을 가득 비추고 있는 흰 가스등 때문인지도 모른다. 그러나 그의 양 볼은 움푹 들어갔고 핏발이 선, 어둡게 그늘진 두 눈은 말할 수 없이 구슬픈 빛을 발하고 있었으며, 그의 자태는 그 어느 때보다도 더 심한 곱사등이로 보였다. 그는 포도주를 많이 마셨고 가끔 가다가 곁에 앉은 여자에게 몇 마디를 건넸다.

폰 린링엔 부인은 식사 중에 프리데만 씨와는 아직 한마디도 주고받지 않고 있었다. 이제야 그녀는 몸을 약간 앞으로 숙이고 그를 불렀다.

"지난 며칠 동안 난 당신과 당신의 바이올린을 기다렸습니다만 허사였습니다."

그는 미처 대답도 못 한 채 한순간 완전히 정신이 나간 상태로 그녀를 쳐다보았다. 그녀는 자신의 흰 목을 드러나게 하는 밝고 가벼운 의상을 걸치고 있었으며, 활짝 핀 닐 원수(元帥)의 장미[5] 한 송이가 그녀의 빛나는 머리카락에 꽂혀 있었다. 오늘 저녁에 그녀의 두 뺨은 약간 붉었지만 두 눈언저리에는 언제나 그렇듯이 푸르스름한 그늘이 드리워져 있었다.

---

5   프랑스의 아돌프 닐(Adolphe Niel) 원수의 이름을 따서 붙인 노란색 장미.

프리데만 씨는 자기의 접시를 내려다보았다. 그러고는 그 무엇인가를 대답이랍시고 간신히 내뱉을 수 있었는데, 잇달아 베토벤을 좋아하느냐고 묻는 교장 부인의 질문에도 대답해야 했다. 그러나 이 순간 식탁의 맨 위쪽에 앉아 있던 대령이 자기 아내에게 시선을 주더니 잔을 부딪치는 시늉을 했다. 그러고는 말했다.

"여러분! 커피는 다른 방에서 마시기로 합시다. 말이 나왔으니 말인데요, 오늘 저녁엔 정원에서도 그리 나쁠 것 같지 않습니다. 어느 분이든 거기서 약간 바람을 쐬시겠다면 저도 함께하도록 하겠습니다."

침묵이 들어서자 폰 다이데스하임 중위가 재치를 발휘하여 한가지 우스갯소리를 했는데, 모두들 즐거운 웃음을 터뜨리며 자리에서 일어났다. 프리데만 씨는 마지막까지 남은 이들 사이에 껴서 교장 부인과 함께 홀을 떠났으며 사람들이 벌써 담배를 피우기 시작한 옛 독일풍 방을 거쳐서 반쯤 컴컴하고 아늑한 거실 안으로 그녀를 데려다주고 나서야 그녀에게 작별을 고했다.

그는 세심한 옷차림을 하고 있었으니, 그의 연미복은 나무랄 데 없었고 그의 와이셔츠는 눈부시게 희었으며 그의 좁다랗게 잘생긴 두 발은 에나멜 구두를 신고 있었다. 사람들은 이따금 그가 주단 양말을 신고 있는 걸 엿볼 수 있었다.

그는 복도를 내다보았는데 거기에서는 사람들이 이미 크게 떼를 지어 정원으로 이어진 계단을 내려가고 있었다. 그러나 그는 몇몇 신사들이 잡담을 하면서 서 있는 옛 독일풍 방의 문 옆에 시가를 입에 문 채 커피 잔을 들고 앉았다. 그러고는 거실 안을 들여다보았다.

문의 바로 오른쪽에는 한 조그만 탁자 주위에 한 무리의 사람들이 빙 둘러앉아 있었는데 그들의 핵심을 이루는 사람은 그 대학생으로서 그는 열심히 강의를 하고 있었다. 그는 한 평행선보다도 한 점을 통해서 직선을 더 잘 그을 수 있다는 주장을 내세웠는데 이에 하겐슈트룀 변호사 부인이 "원, 그럴 리가 있어요!" 하고 소리쳤다. 그러니까 그 대학생은 자기주장을 아주 그럴듯하게 증명해 보인 것이다. 그래서 사람들은 마치 그것을 이해하기라도 한 것처럼 태도를 취했다.

그러나 그 방의 뒤쪽에는 붉은 갓을 씌운 나지막한 등이 서 있었고, 그 옆에는 긴 터키식 소파가 있었으며, 거기에는 게르다 폰 린링엔이 젊은 슈테펜스 양과 이야기를 나누며 앉아 있었다. 그녀는 노란 비단 쿠션에 약간 몸을 뒤로 기댄 채 발을 서로 포개고 앉아서 천천히 궐련 한 개비를 피우고 있었다. 이때 그녀는 연기를 코로 내쉬면서 아랫입술을 앞으로 내밀었다. 슈테펜스 양은 마치 목각 인형처럼 꼿꼿한 자세로 그녀 앞에 앉아 있었으며 불안한 미소를 머금고 그녀를 응대했다.

아무도 키 작은 프리데만 씨를 안중에 두지 않았으며, 아무도 그의 커다란 두 눈이 끊임없이 폰 린링엔 부인에게로 향해 있음을 알아채지 못했다. 그는 맥 풀린 자세로 거기에 앉아 그녀를 바라보았다. 그의 시선 속에는 무슨 열정적인 것도, 고통의 기미도 없었으며 그 속에는 그 어떤 둔감성, 그 어떤 죽은 듯한 것, 다시 말해서 힘도 의지도 없는 무감각한 몰두 같은 것이 들어 있을 따름이었다.

약 십 분가량의 시간이 이렇게 흘러갔다. 그때 폰 린링엔 부인이 갑자기 몸을 일으키더니, 마치 그녀가 그동안 죽 키 작은 프리데만 씨를 남몰래 관찰해 왔던 것처럼 그를 한번 바라보는 법도 없이, 그저 그를 향해 다가와서는 그의 앞에 멈춰 서는 것이었다. 그는 일어섰다. 그러고는 공중으로 그녀를 쳐다보았다. 그때 그녀의 목소리가 들려왔다.

"프리데만 씨, 제가 정원으로 가는 데에 좀 동반해 주시겠어요?"

그가 대답했다.

"기꺼이 그러겠습니다, 부인."

15

"당신은 아마 우리 정원을 아직 못 보셨을 테죠?" 하고 그녀는 계단 위에서 그에게 말했다. "정원은 꽤 큽니다. 거기에 벌써 너무 많은 사람들이 몰리지 않았으면 좋겠어요. 난 약간 신선한 공기를 쐬고 싶거든요. 식사 시간 내내 두통이 났었어요. 아마도 그 적포도주가 내게 너무 독했던가 봅니다……. 여기 이 문을 통해 나가야 돼요." 그것은 유리문이었는데, 그 문을 나오니 층계참이 나타났고 그들은 이 층계참으로부터 한 작고 싸늘한 복도 위로 들어서게 되었다. 그러자 곧 이어서 두서너 층의 계단이 나왔는데, 이 계단은 옥외로 통해 있었다.

신비롭게 별이 총총한 따뜻한 밤에 모든 화단으로부터 향내가 피어오르고 있었다. 정원은 만월의 달빛을 받고 있었으며 새하얗게 빛나는 자갈길 위에서는 손님들이 이야기를 주고받거나 담배를 피우면서 이리저리 오가고 있었다. 한 무리의 사람들이 분수 주변에 모여 있었는데 거기서 그 인기 있는 노의사가 모두들 웃는 가운데 작은 종이배를 띄우고 있었다.

폰 린링엔 부인은 가볍게 고개를 끄덕여 보이며 그 옆을 지나쳤다. 그러고는 그 아름다운, 향내를 뿜어 대는 화원이 정원으로 바뀌면서 어둑해지는 먼 곳을 손으로 가리켰다.

"우린 중앙 산책로를 걸어 내려가기로 해요." 하고 그녀가 말했다. 그 입구에는 낮고 모서리가 넓은 두 개의 오벨리스크가 서 있었다.

거기 뒤쪽, 직선으로 트인 마로니에 가로수로가 끝나는 곳에서, 그들은 달빛을 받아 강물이 초록빛을 발하며 희번덕이는 광경을 보았다. 주변은 어둡고 서늘했다. 여기저기로 샛길이 하나씩 가지를 벌려 나가고 있었지만 이 샛길들 역시 하나의 호를 그리며 빙 둘러서는, 결국 마찬가지로 강을 향해 내려가는 것 같았다. 오랫동안 아무 소리도 들리지 않았다.

"물가에 좋은 장소가 한군데 있는데, 나는 벌써 그곳에 자주 앉아 있곤 했지요." 하고 그녀가 말했다. "거기서 우리 잠시 잡담을 나눌 수 있을 거예요. ─ 저것 보세요. 이따금 잎새 사이로 별이 깜빡 스쳐 지나간답니다."

그는 대답하지 않고서 그들이 현재 다가가는, 그 희미하게 빛나는 녹색의 평지를 바라보았다. 저편의 강안과 방축이 알아볼 수 있을 정도로 건너다보였다. 그들이 그 가로수로를 떠나 강기슭으로 경사져 내려가는 풀밭으로 나왔을 때 폰 린링엔 부인이 말했다.

"여기서 약간 오른쪽으로 가면 그 자리가 있어요. 저기 보세요, 그 자리가 비어 있네요."

그들이 자리 잡고 앉은 벤치는 가로수로에서 옆으로 여섯 걸음 거리에, 정원을 등지고 세워져 있었다. 이곳은 덩치 큰

나무들 사이보다 더 따뜻했다. 귀뚜라미들이 풀숲에서 울어
댔다. 이 풀숲은 바로 물가에서부터는 가는 갈대숲으로 변했
다. 달이 훤히 비치는 강물은 부드러운 빛을 발하고 있었다.

그들은 둘 다 한동안 침묵했다. 그러고는 물 위를 바라보
았다. 그러나 이윽고 그는 아주 소스라치게 놀라며 귀를 기울
이게 되었으니, 그것은 그가 일주일 전에 들었던 저 목소리,
아련하고 생각에 잠긴 듯하며 부드러운 저 목소리가 다시금
그를 휩싸 안았던 것이다.

"프리데만 씨, 당신은 언제부터 불구의 몸이 되셨어요?"
하고 그녀가 물었다. "태어날 때부터 그러신가요?"

그는 군침을 아래로 눌러 삼켰다. 왜냐하면 목이 죄이는
듯한 기분이었기 때문이다. 이윽고 그는 낮은 목소리로 단정
하게 대답했다.

"아닙니다, 부인. 어릴 적에 보모가 저를 마룻바닥에 떨어
뜨렸습니다. 그래서 이렇게 된 것이지요."

"그럼 지금 연세가 어떻게 되시죠?" 하고 그녀가 계속해
서 물었다.

"서른 살입니다, 부인."

"서른 살이라." 하고 그녀가 되풀이했다. "그래서 지난 삼
십 년 동안, 당신은 행복하지 못했죠?"

프리데만 씨는 고개를 흔들었다. 그리고 그의 입술이 떨
렸다. "그래요, 행복하지 못했습니다." 하고 그는 말했다. "그
건 허위요, 망상이었습니다."

"그러니까 당신은 행복하다고 믿어 오신 거군요?" 하고
그녀가 물었다.

"저는 그렇게 믿으려고 노력해 왔습니다." 하고 그가 말했

다. 그러니까 그녀가 대답했다.

"참 장하세요."

일 분이 흘러갔다. 단지 귀뚜라미들만이 울었다. 그리고 그들 뒤에서는 나무들이 아주 낮은 소리를 내며 살랑거렸다.

"난 불행이라면 약간 알고 있어요." 하고 이윽고 그녀가 말했다. "거기에는 물가에서 보내는, 이런 여름밤이 제일 좋은 약이지요."

그는 이 말에 대답하지 않았다. 그는 힘없는 몸짓으로 저 건너 어둠 속에 평화로이 놓인 맞은편 강안을 가리켰다.

"저는 최근에 저 건너, 저기에 앉아 있었습니다." 하고 그가 말했다.

"당신이 나를 방문하시고 난 뒤에 말이지요?" 하고 그녀가 물었다.

그는 단지 고개만 끄덕여 보였다.

그러나 그러고 나서 그는 갑자기 앉은 자리에서 몸을 떨며 공중으로 일어서더니 흐느껴 울면서 그 무슨 소리인지, 그 무엇인가 구원적 요소까지 동시에 내포한 비탄의 소리를 발했다. 그러고는 천천히 그녀의 앞 땅바닥에 주저앉았다. 그는 자신의 한 손으로 그의 곁 벤치 위에 놓여 있던 그녀의 손을 잡았다. 이 키 작고 완전한 불구의 인간은 떨면서, 그리고 경련을 일으키면서, 그녀의 앞에 무릎을 꿇고 앉아서 그녀의 품에 얼굴을 묻었던 것이다. 그러면서 그는 사람 소리 같지 않은 헐떡이는 목소리로 더듬거렸다.

"당신도 왜 아시지 않…… 저로 하여금 고백하게 해…… 저는 더 이상 어떻게 할 수…… 제발…… 제발……."

그녀는 그를 물리치지 않았으며 그를 향해 허리를 굽히지도 않았다. 그녀는 그로부터 약간 뒤로 물러나 몸을 기댄 채 전신을 높이 꼿꼿하게 세우고 앉아 있었으며, 희미하게 번쩍이는 강물의 습기 찬 미광(微光)을 반사하는 듯한 그녀의 작은, 좁은 미간에 붙은 두 눈은 긴장한 가운데 그의 위쪽을 지나쳐 어딘가 먼 곳을 똑바로 응시하고 있었다.

그리고 얼마 지나지 않아 그녀는 갑자기 짤막하고도 오만하게 경멸적인 웃음을 터뜨리며 그의 뜨거운 손가락으로부터 자신의 두 손을 단번에 홱 뽑아 버렸다. 그러고는 그의 팔을 낚아채서는 그를 옆으로 비스듬히, 완전히 땅바닥에 내동댕이쳐 버렸다. 그런 뒤에 그녀는 후딱 일어나서 가로수로 안으로 사라져 버렸다.

그는 얼굴을 풀숲에 처박은 채 전신이 마비되어 정신을 잃고 거기 누워 있었다. 일종의 경련이 매 순간 그의 전신을 휩쓸고 지나갔다. 그는 벌떡 몸을 일으켜서 두 걸음을 걷고는 다시금 땅바닥에 쓰러졌다. 그는 물가에 누워 있었다.

방금 빚어진 이 사건과 관련하여, 그의 내부에서는 도대체 무슨 일이 일어났는가? 그녀가 자신의 시선으로 그의 기를 꺾곤 할 때마다 그가 느껴 온 것은 아마도 육욕적인 증오였던 것 같았다. 이 증오는 그가 그녀에 의해 개만도 못한 취급을 받고 땅바닥에 누워 있는 이 순간 미칠 듯한 분노로 변했으며, 그는 이 분노를 이제 비록 자기 자신에게일지라도 해소하지 않을 수 없게 되었다……. 이 분노는 어쩌면 자기 자신에 대한 구토와 통하는 것일지도 몰랐다. 즉 자기 자신을 말살하고 갈기갈기 찢어 없애 버리고 싶은 충동으로써 그를 충만하게 하는 그런 자기 구토 말이다……

배를 깔고 엎드린 채 그는 좀 더 앞으로 몸을 밀고 나아가서 상체를 쳐들고 그것을 물속으로 처박았다. 그는 두 번 다시 고개를 들지 않았고 강기슭에 놓인 두 다리도 더 이상 움직이지 않았다.

물이 첨벙 하는 소리에 귀뚜라미들이 한동안 소리를 죽였다. 이윽고 귀뚜라미들의 울음소리가 다시 시작되었고 정원은 조용히 살랑거리기 시작했으며 희미한 웃음소리가 긴 가로수로를 따라 이 아래쪽으로 울려왔다.

타락

우리 네 사람은 또다시 우리끼리 모였다.

이번에는 키 작은 마이젠베르크가 주인이 되어 초대를 했다. 그의 아틀리에는 매우 아담하여 만찬을 나누기에 좋았다.

그것은 독특한 스타일로 장식된 진기한 공간으로서 특이한 예술가 취향으로 꾸며진 방이었다. 에트루리아와 일본에서 온 화병, 스페인의 부채와 단검, 중국제 우산, 이탈리아제 만돌린, 아프리카산 소라고둥, 고대의 작은 입상, 로코코식 알록달록한 장식 인형, 밀랍으로 된 마돈나상, 옛 동판화 그리고 마이젠베르크가 친히 붓으로 그린 작품들 — 이 모든 것들이 온 방 안에, 책상 위에, 벽에 붙은 선반들 위에, 그리고 마룻바닥과 마찬가지로 오리엔트산 두꺼운 융단들과 자수를 놓은 퇴색한 비단 직물들로 덮인 네 벽면에 함께 배열되어 있었는데, 이것들은 말하자면 각기 자신들을 먼저 봐 달라고 아우성을 치고 있는 듯했다.

우리 네 사람은 키가 작고 행동이 민첩한 갈색 곱슬머리의 마이젠베르크, 이상주의적 경제학자로서 언제, 어디서든지 여성 해방 운동의 절대적 정당성을 설파하곤 하는 아직 앳되고 젊은 금발의 라우베, 의학 박사 젤텐 그리고 나, 이렇게 넷이었다. 그러니까 우리 네 사람은 아틀리에 한가운데에서 육중한 마호가니 식탁 주변의 각양각색의 의자들에 앉아서, 그 재능 있는 주인이 우리들을 위해 마련해 놓은 훌륭한 메뉴를 이미 꽤 오래전부터 한껏 즐기고 있었는데, 아마도 음식보다는 여러 종류의 포도주를 더 즐겨 마시고 있었는지도 몰랐다. 마이젠베르크가 이번에도 한턱 인심을 썼던 것이다.

젤텐 박사는 고풍스럽게 조각된 커다란 교회용 의자에 앉아서 그 의자를 두고 끊임없이 신랄한 농담을 했다. 그는 우리들 사이에서 반어적인 사람으로 통했다. 그의 거부적 동작 하나하나에는 세상에 대한 경험과 멸시가 동시에 깃들어 있었다. 그는 우리들 넷 중에서 가장 연장자였고 분명히 서른을 전후한 나이인 듯싶었다. 그뿐만 아니라 그는 제일 많이 '인생을 산' 사람이기도 했다. "꼴사나워! 하지만 재미있는 사람이야." 어느 땐가 그를 두고 마이젠베르크는 이렇게 말한 적이 있었다.

그 박사한테서는 아닌 게 아니라 '꼴사나운' 구석이 약간 엿보이기도 했다. 그의 두 눈은 그 어떤 몽롱한 광채를 발했고 짧게 깎은 검은 머리카락은 가마 근처의 이미 약간 듬성한 데를 드러나 보이게 했다. 뾰족하게 다듬은 턱수염 방향으로 홀쭉하게 내려 빠진 얼굴은 콧잔등부터 양 입 가장자리까지 약간의 조롱기를 띠고 있었는데, 이것 때문에 그는 이따금 신랄한 인상까지 풍기기도 했다.

로크포르 치즈를 먹을 즈음에는 우리는 벌써 다시금 예의 '심각한 대화'에 몰입해 있었다. 이 말은 젤텐이 한 말이었다.

그의 말을 빌리면, 이미 오래전부터 자기가 유일한 생활신조로 삼고 있는 것이 있는데, 그것은 어차피 천상의 담당 감독에 의해 깊은 배려 없이 아무렇게나 무대에 올려진 연극과도 같은 이 풍진세상을 회의도, 주저도 없이 그저 마음껏 향락하면 될 일이며, 그리고 나서는 어깨를 으쓱하면서 '그렇게 하지 말걸 그랬나?' 하고 자문하면 된다는 것이다. 그런 사람만이 웃을 수 있는 그런 경멸적인 비웃음을 띤 채 젤텐은 우리의 대화를 '심각한 대화'라고 불렀던 것이다.

그러나 라우베는 재간 있게 슬쩍 화제를 돌렸다가 자신의 본령으로 되돌아오기 무섭게 또다시 완전히 분별을 잃고 흥분하여, 그의 깊숙한 안락의자로부터 허공에다 대고 필사적으로 삿대질을 해 가며 말했다.

"바로 그 점이지, 바로 그 점이야! 여자의 굴욕적인 사회적 지위의 원인은 ── "(그는 결코 '여성'이라고 말하지 않고 더 자연과학적인 어감을 풍긴다면서 언제나 '여자'라고 했다.)

" ── 편견에, 사회의 어리석은 편견에 있단 말이야!"

"건배!" 하고 젤텐은 매우 부드럽게, 그리고 동정적인 어조로 말하며 한 잔의 적포도주를 쭉 들이켰다.

이러한 태도가 그 사람 좋은 젊은이에게서 마지막 냉정을 빼앗고 말았다.

"아, 당신! 아, 당신!" 그는 벌떡 몸을 일으켰다. "이 빈정대기만 하는 늙은이 같으니라고! 당신하곤 말이 안 돼! 그러나 너희들 ── " 하고 그는 도발적으로 마이젠베르크와 나에게로 몸을 돌렸다. "너희들은 내가 옳다고 하겠지? 그러냐, 안 그러냐?"

마이젠베르크는 마침 오렌지 껍질을 까고 있었다.

"반쯤이야 확실히 수긍할 만해!" 하고 그는 신뢰를 보이며 말했다.

"말을 계속해 봐!" 하고 나는 이야기하는 사람의 기분을 돋우었다. 그는 또다시 우선 자기 의견을 토로해야만 직성이 풀렸다. 그러기 전에는 그는 도대체 평온한 분위기를 유지하지 못했다.

"난 사회의 어리석은 편견과 고루한 부당성에 그 원인이 있다고 생각해! 사소한 배려를 한다지만, 모두 웃기는 짓거리야. 사람들이 여학교들을 설립하고 여자들을 전보 치는 사무원 따위로 고용한다는 것이 뭐가 대단해. 문제는 큰 데에, 일반적인 데에 있어! 사물을 보는 사고방식들이라니! 예컨대 연애나 성적인 문제를 살펴보자면, 그 편협한 잔인성은 말도 못한다고!"

"그래." 하고 박사는 아주 속 시원해하며 말했다. 그러고는 냅킨을 옆으로 치웠다. "이제 이야기가 적어도 재미는 있어지는군."

라우베는 그를 한번 거들떠보지도 않았다.

"생각들 해 보라고!" 그는 정력적으로 말을 계속하면서 후식으로 나온 큰 사탕 하나를 가지고 손장난을 해 대다가 그것을 점잖게 입 안으로 집어넣었다. "생각들 해 봐! 만약 두 사람이 서로 사랑하다가 남자 쪽이 처녀를 망친다면, 그럴 경우에 남자는 변함없이 떳떳한 신사로 머무를 테고 심지어는 아주 호탕한 행동을 한 것으로 되지. ── 이 무슨 빌어먹을 녀석인가 말이야! 그러나 여자는 패배자, 사회로부터 버림받은 자, 배척받은 자, 타락한 존재로 되는 거야. 그렇지, 타락한 여자! 이러한 관점의 도덕적 근거가 어디에 있단 말인가? 그 남자 역시 똑같이 타락하지 않았는가. 정말이지 남자가 여자보다 더 불명예스럽게 행동한 것 아닌가 말이야? 자, 이야기 좀 해 보시지! 뭐든지 말 좀 해 봐요!"

마이젠베르크는 생각에 잠겨 자신의 담배 연기가 피어오르는 데에 시선을 주고 있었다.

"사실 자네 말이 옳아." 하고 그는 호의적으로 말했다.

라우베는 온 얼굴에 의기양양한 기색을 띠었다.

"그렇지? 옳지?" 그는 잇달아 반복해서 물어 왔다. "그러한 판단에 대한 도덕적 정당성이 어디에 있느냐는 말이야?"

나는 젤텐 박사를 바라보았다. 그는 아주 조용해져 있었다. 두 손으로 둥근 빵 하나를 쥐고 빙빙 돌리면서 그는 전과 같은 신랄한 표정을 한 채 말없이 시선을 떨구고 있었다.

"식탁에선 그만 일어나지." — 이윽고 그는 조용히 말했다. —"내 자네들에게 이야기 하나 해 주지."

우리는 식탁을 옆으로 밀쳐두고 융단과 작은 쿠션 의자들로 아담하게 꾸며진 맨 뒤쪽의 담화실에 편안히 자리를 잡고 앉았다. 천장으로부터 드리워진 한 개의 현등(懸燈)이 실내를 푸르스름한 어스름으로 채워 주고 있었다. 천장 아래로는 벌써 아련하게 피어오른 한 층의 담배 연기가 깔려 있었다.

"자, 시작해 봐." 하고 마이젠베르크가 네 개의 작은 잔에 프랑스산 베네딕틴을 채우면서 말했다.

"그래, 우리의 화제가 마침 여기까지 이르렀으니, 난 자네들에게 이 이야기를 한번 해 주고 싶어." 하고 박사가 말했다. "바로 완결된 단편 소설 형식으로 얘기할게. 자네들도 알다시피 난 언젠 그런 걸 써 본 적도 있으니 말이야."

나는 그의 얼굴을 잘 볼 수가 없었다. 그는 한 발을 다른 발 위에 포개고 두 손을 윗옷 호주머니 속에 찔러 넣은 채 몸을 안락의자에 푹 파묻고서는 조용히 푸른 현등을 올려다보고 있었다.

"내 이야기의 주인공은." 하고 그는 잠시 후에 이야기를 시작했다.

그는 북부 독일의 작은 고향 도시에서 김나지움을 졸업했다. 열아홉인가 스무 살에 그는 남부 독일의 비교적 큰 도시에 위치한 P대학에 들어갔다.

그는 소위 나무랄 데 없는 '좋은 녀석'이었다. 그 누구도 그에게 악의를 품을 수가 없었다. 명랑하고 마음씨 좋고 친절했기에 그는 금방 모든 동료 학우들의 총아가 되었다. 그는 미목(眉目)이 수려하고 훤칠한 젊은이로서 부드러운 얼굴 표정과 활기찬 갈색의 두 눈을 지니고 있었고 선이 부드러운 두 입술 위쪽에는 첫 수염이 돋아나기 시작한 참이었다. 그가 밝은 빛깔의 둥근 모자를 검은 곱슬머리 위에 젖혀 쓰고 두 손을 바지 주머니에 찌른 채 호기심에 차서 주변을 살피며 길거리를 배회할 때면 소녀들이 반한 듯한 시선을 그에게 보내곤 했다.

그런데도 그는 순진무구했다. 육체나 영혼이 다 같이 순수했다. 그는 틸리 장군처럼 여태껏 그 어떤 전장에서도 패한 적이 없고, 그 어떤 여자도 건드린 적이 없다고 장담할 수 있었다. 전자의 경우에는 그가 아직까지 그럴 기회를 가지지 못했기 때문이요, 후자의 경우에도 아직 그럴 기회가 없었기 때문이었다.

P시에 온 지 이 주일도 채 못 되어서 그는 물론 사랑에 빠졌다. 보통 그런 것처럼 한 여급에게 빠진 것이 아니라 어느

젊은 여배우에게 빠진 것이었는데, 그녀는 괴테 극장에서 순진한 애인 역을 맡곤 하던 벨트너 양이었다.

옛 시인이 잘 표현했듯이 남자들은 체내에 있는 젊음의 묘약 때문에 모든 여성을 헬레나처럼 아름답게 여기는 법이긴 하지만, 이 여자는 정말 예뻤다. ── 어린애처럼 부드러운 몸매, 연한 금발, 경건하고도 명랑한 청회색의 두 눈, 섬세한 코, 천진하면서도 감미로운 입, 부드럽고 둥근 턱…….

그는 우선 그녀의 얼굴에 반했고 다음에는 그녀의 손에 반했으며 그다음에는 이따금 고대 연극에 등장하는 어떤 배역을 연기할 때면 맨살을 드러내는 그녀의 팔에 반했다. 그러던 어느 날 그는 그녀를 완전히 사랑하게 되었다. ── 그가 아직까지 전혀 알지 못하는 그녀의 영혼까지도.

그의 사랑에는 엄청난 돈이 들었다. 그는 적어도 이틀 저녁에 한 번씩은 괴테 극장의 1층 상등석 표를 사야 했다. 매번 그는 어머니에게 돈을 부쳐 달라고 편지를 쓰지 않으면 안 되었으며 이를 위해 갖가지 모험적인 설명을 꾸며 댔다. 하지만 그가 거짓말을 하는 것은 정말이지 그녀 때문이었다. 이것이 그 모든 행위에 대한 변명이 되었다.

자신이 그녀를 사랑하고 있음을 알았을 때 그는 처음으로 시를 쓰기 시작했다. ── 독일의 유명한 '정적(靜的) 서정시'를.

그렇게 그는 밤늦게까지 책을 읽으며 앉아 있곤 했다. 단지 벽장 위의 작은 자명종만이 단조로이 재깍재깍 울렸다. 바깥에서는 외로운 발소리가 이따금씩 울려왔다. 목줄기가 시작되는 가슴의 맨 윗부분에 그 어떤 부드럽고 미적지근하며 끈적거리는 고통이 생겨나서, 이것이 가끔 무거운 두 눈에까지 올라오는 듯했다. 그러나 눈물을 흘리는 건 정말 부끄러웠

으므로 그는 종이 위에다 참을성 있게 언어를 구사함으로써
이 울음을 내려 삼켰다.

그리하여 그는 부드러운 시구 속에서 우울한 운율로 그녀
가 얼마나 달콤하고 귀여우며 또 자기가 얼마나 병들고 피곤
한지를 자신을 위해 읊었다. 자신의 영혼에 얼마나 큰 불안이
자리하고 있는지, 자기 영혼이 그 어떤 머나먼 곳, 온통 장미
꽃과 제비꽃으로 가득 찬 가운데 감미로운 행복이 잠자는 먼
곳으로 서둘러 가고 있는데도 육신은 꼼짝도 못하고 어찌 붙
잡혀 있는지를 읊었다…….

물론 그것은 우스꽝스러운 일이었다. 누구든지 웃었을 것
이다. 언어라는 것은 정말이지 너무나도 어리석고 무의미할
정도로 속수무책이었다. 그러나 그는 그녀를 사랑했다! 사랑
하고 있었다!

물론 이와 같은 사랑의 자백을 하고 난 뒤 그는 곧 부끄러
워했다. 이것은 그야말로 불쌍하고 굴욕적인 사랑이었다. 그
는 그녀가 너무나도 사랑스러웠기에 단지 그녀의 발에라도
조용히 키스하고 싶을 지경이었고 하다못해 그녀의 흰 손에
라도 키스하고 싶었다. 그러면 그는 죽어도 좋을 것 같았다.
입술에다 키스한다는 것은 감히 생각할 수도 없었다.

어느 날 밤 잠에서 깨어났을 때, 그는 그녀가 지금쯤 어떻
게 누워 있을까 하고 상상해 보았다. 흰 베개 속에 귀여운 머
리를 파묻고 감미로운 입술을 약간 벌린 채 두 손, 연약하게
푸른 핏줄을 지닌 이 형용할 길 없는 두 손을 이불 위에 펼쳐
놓은 채…… 여기까지 생각하다가 그는 갑자기 홱 돌아누워
얼굴을 베개로 짓누른 채 어둠 속에서 오랫동안 울었다.

이로써 그의 그리움은 절정에 달했다. 그는 이제 더 이상

시를 쓸 수도 없었고 아무것도 먹을 수 없는 지경에 이르렀다. 그는 아는 사람을 피했고 더 이상 밖으로 나가지도 않았다. 두 눈 아래에는 깊고 어두운 테두리가 생겨났다. 동시에 그는 공부를 아예 내려놓고 어떤 책이든 전혀 읽으려 하지 않았다. 이미 오래전에 구입해 두었던 그녀의 사진 앞에서 그는 피곤한 몸으로, 눈물과 사랑 속에, 언제까지나 그냥 흐릿한 정신 상태에 머물러 있으려 했다.

어느 날 저녁 그는 친구 뢸링과 함께 어떤 술집 구석에서 평온하게 맥주 한 잔을 마시며 앉아 있었다. 이미 고등학교 시절부터 친하게 지내 왔던 뢸링은 그와 마찬가지로 의학도였으나 그와는 달리 벌써 고학년이었다.

그때 갑자기 뢸링이 맥주잔을 단호하게 탁자 위로 탕 소리 나게 놓았다.

"자아, 이 꼬마야! 말 좀 해 봐, 자네한테 무슨 일이 생겼지?"

"나한테?"

하지만 잠시 후에 그는 시치미 떼는 것을 그만두었다. 그러고는 속마음을 털어놓고 그녀와 그 자신에 대해서 이야기했다.

뢸링은 난처하다는 듯이 고개를 저었다.

"이 사람, 거참 곤란한데. 별도리가 없어. 자네가 처음이 아니야. 완전히 접근이 불가능하단 말일세. 여태까지는 어머니와 함께 살았어. 어머니가 얼마 전에 죽긴 했지만, 그럼에도 불구하고 전혀 속수무책이야. 무섭게 얌전한 처녀거든."

"그러면 자네 생각엔 도대체 내가……."

"그래, 나는 자네의 희망이라는 것이……."

"아, 사람도 참! 무슨 생각을 그렇게……."

"아 그래, 그렇다면 용서해. 난 이제야 비로소 알아들었네. 난 이 일을 정말이지 그렇게 감상적으로는 전혀 생각하지 않았거든. 정 그렇다면 그녀에게 꽃다발을 하나 보내지 그래. 거기에 곁들여서 순진하고 존경에 가득 찬 편지를 써 보내는 거야. 그러고는 그녀에 대한 찬사를 몸소 전하기 위해 직접 방문하고 싶다며, 그녀 쪽에서 허락의 편지를 보내 주기를 애원해 보는 거지."

그는 얼굴이 아주 창백해져서 온몸을 부르르 떨었다.

"하지만…… 하지만 그건 안 돼!"

"왜 안 되지? 사십 페니히만 주면 심부름꾼은 얼마든지 구할 수 있어."

그는 몸을 더 심하게 떨었다.

"원! — 그렇게만 할 수 있다면야!"

"그녀가 사는 데가 대체 어디지?"

"모르겠는데."

"아직 그것도 모른단 말이야? 급사 양반, 주소록 좀 갖다 줘요!"

묄링은 재빨리 그녀의 주소를 찾아냈다.

"여기 이 사람 맞지? 지금까지는 무슨 천상 세계에나 살고 있을 것 같던 그녀가 이제 갑자기 건초가(街) 6의 1번지 4층에 살고 있군! 보이지, 여기 적혀 있잖아. 이르마 벨트너, 괴테 극장의 단원……. 이봐, 말이 났으니 말인데 여긴 정말 대단한 빈민가일세. 뼈 빠지게 예술에 종사하는 데 대한 보상이란 원래 이런 법이지."

"제발 그만둬! 묄링……."

"자, 그렇다면 그런 말은 그만두지. 하여튼 자넨 그렇게 하는 거야. 아마도 자넨, 어쩌면 그녀의 손에 키스할 수 있도록 허락을 받게 될 거야. 이 친구야! 삼 미터 거리의 상등석 표 값을 이번에는 꽃다발을 사는 데에 쓰라는 말이야."

"아 원, 그까짓 돈이야 상관없어!"

"정신없이 미쳐 보는 것도 정말 멋진 일이라고!"라고 룈링은 단정적으로 말했다.

그는 그 이튿날 오전에 벌써 감동적일 만큼 소박한 편지 한 장을, 그림같이 아름다운 한 묶음의 꽃다발과 함께 건초가로 발송했다. 그녀로부터 답장을 받는다면, — 그 어떤 답장일지라도 — 그는 얼마나 기뻐 날뛰며 그 편지에 키스할 것인가!

일주일 후에는 문에 붙은 편지함의 뚜껑이 — 하도 많이 여닫히는 바람에 — 고장이 났다. 여주인은 욕을 해 댔다.

그의 두 눈 아래의 테두리가 더욱더 깊고 어둡게 변했으며, 그는 정말로 아주 비참해 보였다. 그는 거울에 자기 얼굴을 비춰 보고 정말 깜짝 놀랐다. 그리고 그는 자기 연민에 사로잡힌 나머지 울었다.

"이봐, 꼬마!" 하고 룈링은 어느 날 매우 단호하게 말했다. "이렇게 계속 있을 수는 없어. 자네는 점점 더 퇴폐주의에 빠지고 있잖아. 이거 진짜 무슨 대책이라도 세워야겠어. 자네, 내일 아침에 그냥 눈 딱 감고 그녀에게로 쳐들어가는 거야."

그는 병색이 도는 두 눈을 매우 크게 떴다.

"그냥 눈 딱 감고…… 그녀에게로……."

"응."

"아, 그건 안 돼. 그녀가 방문을 허락하지 않았잖아."

"애초에 편지 따위를 쓴 것 자체가 어리석은 짓이었단 말일세. 그녀가 자네를 알지도 못하면서 금방 편지로 호의를 보여 오지 않으리라는 사실쯤은 우리가 진작 생각했어야 했어. 자네가 그냥 눈 딱 감고 그녀한테로 가야 해. 만약에 그녀가 자네에게 한번 '안녕하세요.'라고만 말하더라도 자넨 벌써 행복에 겨워 어쩔 줄 모르게 될 것 아닌가! 게다가 자네는 별로 못생긴 축도 아니니까, 모르긴 해도 자네를 아주 내쫓진 않을걸세. 내일 아침에 가는 거야."

그는 마음이 아주 어지러웠다.

"난 못 할 것 같아." 하고 그는 나직이 말했다.

"그렇다면 자넨 구제 불능일세!" 하고 말하면서 뢸링은 화를 냈다. "그러면 자넨 이제 정말이지 혼자서 이 일을 극복해 내지 않으면 안 될 거야."

그리하여 아주 고통스러운 나날이 계속됐다. 한편 바깥세상에서는 겨울이 5월과 마지막 싸움을 벌이고 있었다.

그러나 어느 날 그가 깊은 잠의 꿈속에서 그녀를 보고 난 뒤 아침에 깨어나 창문을 열었을 때, 거기에 봄이 와 있었다.

하늘은 맑았다. 부드러운 미소처럼 아주 맑게 푸르렀다. 그리고 공기는 정말 달콤한 향취를 머금고 있었다.

그는 온몸으로 봄을 느끼고 그 내음을 맡았으며, 그 맛을 음미했다. 그는 봄을 보았고 또 귀로 들었다. 모든 감각이 완연한 봄이었다. 그리고 그에게는 마치 저 멀리 지붕 위에 놓인 널따란 햇살이 전율하는 물결을 그리며 자신에게 다가와 정신을 맑게 해 주고 용기를 북돋아 주면서 마음속 깊은 데까지 흘러들어 오는 듯싶었다.

그리하여 그는 말없이 그녀의 사진에 키스하고 나서 깨끗

한 와이셔츠를 입고 좋은 옷을 걸치고 턱에 난 까칠까칠한 수염을 밀어내고는 건초가로 향했다.

그의 심중에는 그 자신도 놀랄 정도로 이상한 평온이 찾아왔고, 그 평온은 지속되고 있었다. 그것은 계단을 오르고 이제 문 앞에 서서 '이르마 벨트너'라는 문패를 읽는 사람이 전혀 자기 자신이 아닌 것처럼 생각되는, 그런 일종의 몽환적 평온이었다.

그때 갑자기 '이것은 미친 짓이다.', '도대체 내가 무얼 하려는 것인가?', '누가 나를 보기 전에 어서 빨리 되돌아서야지.'라는 생각이 그를 엄습했다.

그러나 그가 이렇게 두려움으로 가득한 마지막 신음을 토해 내자 여태까지의 당황하던 상태가 완전히 가신 것만 같았다. 그다음엔 그의 마음속에 크고 확실하며 밝은 희망이 떠올랐다. 지금까지는 강박을 당하고 있기라도 했던 것처럼, 괴로운 필연성 앞에 처해 있었던 것처럼, 가수(假睡) 상태 속에 빠진 것처럼 서 있었던 데에 반하여, 이제 그는 자유롭고 목적이 뚜렷하게 생동하는 의지를 지니고 행동했다.

정말이지 때는 봄이었다!

딸랑거리는 양철 종소리가 온 층을 울렸다. 한 소녀가 나와 문을 열었다.

"주인아씨 댁에 계신가?"라고 그는 활기차게 물었다.

"네, 계십니다만 ── 누구시라고……."

"자, 여기……."

그는 하녀에게 명함을 건네주었다. 그리고 그녀가 그것을 가져가는 동안 그는 마음속으로 껄껄 웃으면서 눈 딱 감고 곧장 뒤따라 들어갔다. 하녀가 그녀의 젊은 여주인에게 명함을 전해 줄 때 그 역시 이미 방 안에 들어와서 모자를 손에 들고 꼿꼿이 서 있었다.

그것은 소박하고 어두운 색의 가구를 비치한 적당하게 큰 방이었다.

그 젊은 숙녀는 창가에 있는 그녀의 자리에서 일어서 있었다. 그녀 옆에 놓인 작은 탁자 위의 책 한 권은 조금 전에 읽다 만 것인 듯이 보였다. 그는 그녀가 지금까지 그 어떤 배역에서도, 이렇게 실제로 마주 볼 때처럼 매력적이라고 생각해 본 적이 없었다. 그녀의 가냘픈 몸매를 에워싼 회색 원피스의 가슴께에는 바탕색보다 더 어두운 색의 자수 무늬가 들어가 있었으며 소박한 우아함을 띠고 있었다. 그녀의 이마 위 금발의 곱슬머리에는 5월이 햇살이 아른거리고 있었다.

그의 피는 황홀한 나머지 소용돌이치고 또 끓어올랐다. 그리고 그녀가 이윽고 그의 명함에다 놀란 시선을 던지면서 또 자신을 보고 더욱더 놀라워하자 그는 그녀를 향하여 두 발걸음 재빨리 다가섰다. 더불어 그의 따뜻한 동경은 몇 마디 불안하고 격렬한 말이 되어 터져 나왔다.

"아 제발…… 너무 노엽게는 생각하지 마십시오!"

"대체 이게 웬 갑작스러운 방문이죠?" 하고 그녀는 재미있는 듯 물었다.

"네, 저는 당신에게, 당신이 허락해 주시지는 않았습니다만, 그래도 한번 직접 말씀드리고 싶었습니다. 제가 얼마나 당신을 찬양하는지를 말입니다……." 그녀는 친절하게 의자에 앉기를 권했다. 그래서 그들이 서로 마주 앉는 동안에 그는 약간 더듬거리며 자신의 말을 이어 갔다. "저 말이죠, 아가씨 ─ 저라는 인간은 항상 한꺼번에 모든 것을 다 말해 버려야 속이 시원한 그런 사람입니다. 모든 것을 그런 대로 속에 넣고 다니는 성미가 못 됩니다. 그래서 제가 편지로 청을 드렸던 것인데…… 무엇 때문에 제게 전혀 답장을 보내지 않으셨나요, 아가씨?" 그는 대답을 들으려는 듯 순진한 태도로 말을 멈췄다.

"사실…… 저를 인정해 주시는 당신의 글과 아름다운 화환이 저를 얼마나 기쁘게 했는지 이루 말씀드릴 수 없습니다."라고 그녀는 미소를 띠면서 대답했다. "하지만…… 아무래도 그렇게는 할 수 없었습니다. 제가 어떻게 바로 그렇게…… 정말이지 제가 알 수 없었던 것은…….."

"네, 네, 아실 수가 없지요. 그 점은 저도 완전히 납득이 갑니다. 그런데 어떻습니까, 지금도 역시 제게 화를 내시는 건 아니시겠지요? 제가 이렇게 허락도 없이 불시에 찾아왔어도…….."

"아니 화라뇨, 어떻게 제가 감히…….."

"당신은 P시에 오신 지가 아직 얼마 안 되시죠?" 하고 그녀는 괴로운 침묵의 시간을 미리 재치 있게 피하면서 덧붙여 말했다.

"그래도 벌써 약 예닐곱 주나 되는군요, 아가씨."

"그렇게 오래됐나요? 저는 한 주일 반 전, 당신의 친절한 글을 받았을 즈음에, 제가 연기하는 걸 당신이 처음으로 보셨나 하고 생각했었지요."

"그런 말씀 마십시오, 아가씨! 저는 그동안 죽 거의 매일 저녁에 당신을 보았답니다. 당신이 분한 역(役)마다 모두 빠짐없이!"

"그래요, 그럼 왜 좀 더 일찍 오시지 않았나요?"라고 그녀는 천진스럽게 놀라워하면서 물었다.

"제가 좀 더 일찍 왔어야 했다고요?" 하고 그는 장난스럽게 응답했다. 안락의자에 그녀와 마주 앉아 친밀한 얘기를 나누면서도 그는 이러한 상황에 어리벙벙해져서 여느 때처럼 감미로운 꿈 끝에 또다시 허전하게 깨어나게 되는 건 아닌지 걱정이 될 지경이었다. 그는 하도 신이 나고 상쾌하여 하마터면 아주 기분 좋게 한 발을 다른 발 위에 포갤 뻔했고, 한없는 행복감에 겨워 당장에라도 환호성을 지르며 그녀의 발치에 꿇어앉고 싶을 지경이었다. ── 이건 모두 어리석은 연극일 뿐이야. 난 정말로 너를 좋아하고 있어, 좋아하고 있다고! 그녀는 약간 얼굴을 붉혔다. 그러나 그의 장난기 섞인 응답에 대해서는 진심으로 즐거워하며 웃었다.

"미안합니다. 제 말을 오해하고 계세요. 하기야 제가 약간 서투르게 표현했지요. 그러나 당신은 이해력이 그다지 둔하시지는 않으실 텐데요……."

"지금부터는 이해력이 보다 빨라지도록 노력하겠습니다, 아가씨!"

그는 완전히 자제력을 잃고 있었다. 이렇게 대답하고 나서 그는 다시 한 번 스스로에게 다짐했다. 여기 그녀가 앉아 있다! 여기 그녀가 앉아 있다! 그리고 나는 그녀 곁에! 그는 이곳에 있는 게 정말로 자기 자신임을 확인하기 위해서 자꾸만 온갖 의식을 집중하곤 했다. 그리고 믿을 수 없으리만큼 행복에 겨운 그의 시선은 자꾸만 그녀의 얼굴, 그녀의 모습 위로 이끌려 가곤 했다. ── 그래, 이것이 그녀의 연한 금색 머리카락이고 귀여운 입술이며, 이것이 약간 두 겹이 될 듯 말 듯한 그녀의 부드러운 턱이고 이것이 그녀의 천진한 어린애 같은 목소리이며, 이것이 그녀의 귀여운 말씨구나. 이 말씨에는, 지금처럼 극장 무대가 아닐 때에는 남부 독일의 사투리가 약간 남아 있어. 지금 그녀는 그의 마지막 대답에 계속 응수하지 않고 탁자로부터 그의 명함을 다시 한 번 집어 들고는 그의 이름을 또다시 자세히 살피고 있지 않은가! 이것이 그가 그다지도 자수 꿈속에서 키스하곤 했던 그녀의 사랑스러운 손, 이무 형언할 수 없는 그녀의 두 손이며, 이것이 바로 그녀의 눈이다. 그 눈은 이제 다시금 그에게로 향하면서 점점 더 관심 어린 친밀감을 보이고 있는 것이다! 이윽고 그녀의 말이 다시금 그의 귀에 들려왔다. 이제 그녀는 묻기도 하고 대답도 해 가면서 대화를 계속했다. 화제가 이따금 중단되기도 했지만, 그들 두 사람의 출신이 출신이니만큼 쉽사리 그들이 현재 하는 일이나 이르마 벨트너의 배역에 관해서 곧바로 다시 화제를 이어 갈 수 있었다. 배역에 대한 그녀의 '해석'은, 물론 그는 그녀의 편을 들며 무제한적인 칭찬과 찬탄을 퍼부었지만, 사실은 그녀 자신도 웃으면서 부인하고 있듯이 거기에 무슨 '해석'할 만한 것이 있는 것은 아니었다.

그녀의 재미있어 하는 웃음에는, 뚱뚱보 지휘자가 지금 막 상등 관람석 쪽으로 소극 작가 모저(Gustav V. Moser)풍의 익살조 가락을 지휘해 놓기라도 한 것처럼 언제나 약간의 연극적 색조가 함께 깃들어 있었다. 하지만 이 웃음소리를 들으면서 아주 꾸밈없이 열중한 채로 그녀의 얼굴을 바라볼 때면 그는 재빨리 그녀의 발치에 꿇어앉아 그녀에게 자신의 크나큰 사랑을 정직하게 고백해 버리고 싶은 충동을 여러 번이나 억누르지 않으면 안 되었다.

그가 마침내 깜짝 놀라 시계를 보면서 서둘러 일어섰을

때는 한 시간이 족히 지나 있는 것 같았다.

"그런데 벨트너 양, 제가 당신을 너무 오래 붙잡고 늘어졌군요! 저를 오래전에 쫓아내셨어야 했습니다. 당신도 차차 아시겠지만, 당신 곁에선 시간이 어찌나 빨리 가는지……."

그는 자기도 모르는 사이에 대단히 능숙하게 행동하고 있었다. 그는 이미 그 아가씨를 예술가로서 공공연히 칭송하는 단계를 거의 벗어나 있었다. 진심에서 우러나온 그의 찬사는 본능적으로 점차 순전히 개인적인 성격을 띠게 되었다.

"그런데 대체 몇 시나 되었지요? 도대체 왜 벌써 가시려고 그러세요?" 하고 그녀는 우울한 빛을 띤 놀란 표정으로 물었다. 그 표정은, 설사 그것이 연기에 불과하더라도 어쨌든 무대 위에서의 그 어떤 순간보다도 더욱 생생하고 설득력이 있었다.

"아, 이럴 수가! 시간 가는 줄도 몰랐는걸요!" 하고 그녀는 이제 의심할 나위 없이 솔직한 감탄을 발하며 외쳤다. "벌써 한 시간이 지났어요! 그렇다면 아닌 게 아니라 저 역시 제가 맡은 새 역할을 미리 이해하기 위해 서둘러야겠어요. 오늘 저녁에 할 것이랍니다. 오늘 저녁에 극장에 오세요? 시연(試演) 때까지도 저는 아직 아무것도 이해할 수 없었거든요, 감독은 저를 거의 때릴 뻔했답니다!"

"제가 그를 언제 죽여 버릴까요?" 하고 그는 엄숙하게 물었다.

그녀는 "내일보다는 차라리 오늘이요!" 하고 웃으면서 그에게 작별의 손을 내밀었다.

그때 그는 끓어오르는 정열을 가지고 그녀의 손 위로 몸을 굽혔으며 그 손에다 입술을 갖다 댐으로써 오랫동안 물리지 않는 키스를 하였다. 마음속으로는 분별을 차려야지, 하면서도 그는 이 키스를 그만둘 수 없었으며, 이 손의 감미로운 방향(芳香)으로부터, 이 지독한 도취감으로부터 자신을 떼어 놓을 수가 없었다.

그녀는 약간 황급히 손을 내뽑았다. 이윽고 그가 다시 그녀를 바라보았을 때 그는 그녀의 얼굴에서 어떤 당혹감을 읽을 수 있었다. 이 표정에 대해서라면 아마도 그는 진심으로 기뻐해도 좋았으리라. 그러나 그는 이것을 자기의 당찮은 행동에 대해 그녀가 노여워하는 것으로 해석했고, 따라서 그는 이 표정 때문에 잠시 동안 창피해했다.

"대단히 감사합니다, 벨트너 양!" 하고 그는 빨리 그리고 좀 전과 달리 다소 형식적으로 말했다. "당신이 제게 베풀어 주신 크나큰 친절에 감사드립니다."

"천만의 말씀입니다. 전 당신을 알게 되어 대단히 기쁜걸요."

"그러세요? 그러시다면, 아가씨!" 하고 그는 이제 또다시 종전의, 진심을 털어놓을 때의 어조로 말했다. "저의 부탁을 물리치시지는 않으시겠지요? 다름이 아니라 제가 한번 다시 와도 좋다는……."

"물론이죠. 그 말씀은 즉…… 네, 오셔도 좋아요. 왜 안 되겠어요?"

그녀는 약간 당황했다. 그의 요청은 그 이상야릇한 키스를 하고 난 직후라 왠지 때에 맞지 않는 것 같았다.

그러나 그녀는 이윽고 "당신과 함께 다시 한 번 환담을 나눌 수 있다면 대단히 반갑겠어요." 하고 침착한 친절성을 보이며 덧붙여 말하고는 그에게 다시 한 번 손을 내밀었다.

"정말 감사합니다, 감사합니다!"

또 한차례 잠깐 고개를 숙이고 난 다음, 그는 이미 바깥으로 나와 있었다. 그는 더 이상 그녀를 볼 수 없게 되자 갑자기 다시금 꿈속 같기만 했다.

그러나 잠시 후 그는 자신의 손 안에서 새로이 그녀 손의 체온을 감지했으며, 자신의 입술 위에서도 그녀의 체온을 다시 느낄 수 있었다. 이윽고 그는 이 모든 것이 정말 사실이었고 그의 '터무니없는' 지복한 꿈이 실현되었음을 재확인했다. 그리하여 그는 취한 사람같이 비틀비틀 계단을 내려갔다. 그러고는 그녀가 그렇게도 자주 몸을 스치고 지나다녔을 난간에다 몸을 비스듬히 기댄 채, 그 난간의 위에서부터 아래까지 키스를 퍼부었다, 환희의 키스를.

아래쪽에는, 한길에서 약간 들어서 있는 그 집 앞에는, 마당인지 정원인지 작은 앞뜰 같은 게 하나 있었다. 이 뜰의 왼쪽에는 라일락이 한 덤불 있었는데, 이제 막 첫 꽃을 활짝 피우고 있었다. 그는 거기에 멈춰 서서 그 서늘한 관목 속에다 달아오른 얼굴을 파묻었다. 그러고는 자신의 가슴이 두근두근 뛰는 것을 느끼면서, 오래오래 그 젊고 부드러운 향내를 만끽했다.

아아, 그는 얼마나 그녀를 사랑하는가!

그가 식당에 들어서서 흥분한 채로 인사도 하는 둥 마는 둥 하면서 다가앉았을 때, 륄링과 몇몇 다른 젊은 친구들은 이미 조금 전에 식사를 마친 참이었다. 몇 분 동안 그는 아주 조용히 앉아 있었다. 그리고 그는, 거기 그렇게 앉아 담배를 피우면서 아무것도 모르는 그들을 마치 몰래 놀리기라도 하듯, 일종의 득의양양한 미소를 머금고서 그들을 차례로 한 사람씩 훑어보았다.

"얘들아!" 이윽고 그는 갑자기 외치면서 탁자 위로 몸을 끌어당겼다. "새로운 소식이 있어! 난 말야, 행복해 죽겠어!"

"아, 그래?" 하고 룈링이 말하면서 매우 의미심장하게 그의 얼굴을 빤히 쳐다보았다. 잠시 후 그는 엄숙한 동작으로 상대를 향해 닷자 너머로 손을 내밀었다.

"진심으로 축하해, 이 사람아!"

"도대체 뭘?"

"대체 무슨 일이야?"

"그렇지, 너희들은 그걸 아직 전혀 모를 테지. 그러니까 오늘이 이 사람의 생일이야. 이 사람이 생일을 맞이한 거라고. 너희들 이 사람을 한번 봐. 아주 새로 태어난 것 같지 않니?"

"그래?"

"그것참 놀라운 일인데!"

"축하하네!"

"이봐, 그게 사실이라면 자네 한턱내야……."

"물론이지! 이봐요, 아저씨!"

사람들은 그가 생일을 멋지게 자축할 줄 안다는 사실을 인정하지 않을 수 없었다.

그러고 나서, 동경과 초조에 겨워 간신히 하루하루 손꼽아 기다렸던 일주일이 지나갔고, 그는 재차 그녀를 방문했다. 그녀가 그에게 방문을 허락했던 것이다. 첫 번째 방문 때에 그의 마음속에 사랑의 수줍음을 불러일으켰던 그 모든 흥분은 이제 벌써 사라지고 없었다.

그때 그리고 다음번에도, 그는 그녀를 볼 수 있었으며 그녀와 더 자주 이야기할 기회를 가지게 되었다. 그녀는 그것을 언제나 새로이 허락해 주었던 것이다.

　그들은 서로 격의 없이 대화를 나누었으며, 그들의 교제
는 거의 다정한 관계라고 말할 수 있을 정도였다. 그러나 그렇
게 말하기만은 어려운 부분이 단 한 가지 있었는데, 그것은 가
끔씩 갑자기 어떤 당혹감이라 할까, 난처한 감정이라고 할까,
그 어떤 막연한 불안감과 비슷한 그 무엇이 느껴졌기 때문이
다. 이 감정은 보통 두 사람에게 동시에 나타나곤 했다. 이런
순간에 대화는 갑자기 막히고, 몇 초 동안 말 없는 시선 속에
서 중단되기 일쑤였다. 이렇게 서로 말 없이 바라볼 때면 마치
첫 번째의 그 손 키스 때처럼 순간적으로 뻣뻣한 격식에 맞춰
대화를 진행해야 하는 순간이 찾아오곤 하였다.

　몇 번인가 그는 연극 공연 후에 그녀를 집으로 데려다줄
수 있었다. 그녀 곁에서 이 거리 저 거리를 거닐던 봄날의 저
녁들은 그에게 얼마나 넘치는 행복이었던가! 집 현관문 앞에
서 그녀는 그가 수고해 준 데 대하여 진심으로 감사했으며 그
는 그녀의 손에 키스하고는, 기쁨 때문에 가슴속으로 소리라
도 내지를 듯한 감사의 정을 품고서 자기의 길을 갔다.

　이렇게 보낸 어느 날 저녁에 그는 작별을 하고 나서, 이미
몇 발자국이나 그녀로부터 떨어진 곳에서, 다시 한 번 몸을 돌
려 뒤돌아본 적이 있었다. 그때 그녀가 아직도 현관문께에 서
서 땅바닥에서 무엇인가를 찾는 듯한 모습을 보았다. 하지만
그는 그것을 자기가 재빨리 돌아서는 바람에 그녀가 짐짓 갑
작스레 무엇인가를 찾으려고 자세를 취했겠거니 하고 생각해
버렸다.

　"어제 저녁에 자네들을 봤어!" 하고 룀링이 언젠가 말했
다. "이 사람, 난 자네에게 경의를 표하네. 정말이지 아직까지

아무도 그 여자에게 그렇게까지 접근할 수는 없었지. 자네야 말로 영웅이야. 그러나 한편으로는 바보이기도 하네. 그녀로서는 자네에게 더 이상의 호의를 보이기란 도대체 어려운 일일걸세. 이름난 새침데기거든. 그녀는 자네에게 홀딱 반한 게 틀림없어. 그런데 자네는 한번 용기를 내서 그녀에게 달려들어 보지도 못하다니!"

그는 룀링의 말을 한동안 이해하지 못한 채 쳐다보았다. 이윽고 그는 뜻을 알아차리고 말했다. "아아, 자넨 무슨 그런 말을!"

그러나 그는 몸을 부르르 떨었다.

그러는 동안 봄이 무르익었다. 5월 하순 무렵에 벌써 비한 방울 내리지 않는 더운 나날이 이어지고 있었다. 하늘은 흐릿하고 습기 찬 푸른색을 띠고 목마른 대지를 멀거니 내려다보고 있었다. 저녁 무렵에는 이 끈질기고 잔인한 한낮의 더위도 물러났다. 하지만 탁하고 내리누르는 듯한 무더위가 시작되었는데, 맥 빠진 바람기가 약간 있다는 점이 도리어 이 무더위를 더욱더 실감나게 해 줬다.

이러한 어느 늦은 오후에 우리의 착한 젊은이는 언덕이 많은 교외의 초지(草地)를 혼자서 배회하고 있었다.

집 안에서는 견딜 수가 없었던 것이다. 그는 다시 병이 들었다. 최근의 모든 행운을 통해 이미 오래전에 극복했다고 믿었던 저 목마른 동경이 다시금 그를 휩쌌던 것이다. 그러나 이제 그는 다시 끙끙 앓아야만 했다, 그녀를 향해서. 그는 또 무엇을 더 원했던가!

그것은 룀링에게서, 그 메피스토에게서 말미암은 것이었

다. 이 메피스토는 좀 더 호의적이긴 하지만, 그 대신 재치가 적은 메피스토였다.

그러고 나선 고귀한 직관을 ─

그 방법에 대해선 난 언급을 회피해야 하지만 ─ 완성시키기 위한 방법 말이야……

신음 소리를 내며 그는 머리를 흔들었다. 그러고는 멀리 허공 속의 황혼을 멀거니 응시했다.

그렇다, 그것은 뢸링이 불러일으킨 것이다! 전적으로 그렇지는 않더라도, 다시 얼굴이 창백해지는 그를 보고 잔인한 몇 마디로 '그것'을 먼저 꼬집어 말한 사람은 바로 뢸링이었다. 그가 그런 말을 하지 않았더라면 여전히 부드럽고 애매한 우울증의 안개 속에 휩싸여 있었을 텐데, 그것을 그 자신에게 적나라하게 보여 준 것은 바로 그 뢸링이 아니었던가? ─ 그는 피곤하면서도 무언가를 추구하는 듯한 걸음걸이로 무더위 속에서 점점 더 멀리 배회하고 있었다.

그는 벌써부터 줄곧 재스민 향내를 감지했지만 정작 재스민 숲을 찾을 수는 없었다. 아닌 게 아니라 아직 재스민이 필 철도 아니었다. 그렇지만 그는 바깥에 있는 동안 어디에서고 항상 이 달콤하고 마취적인 내음을 맡았다.

후미진 길의 한 모퉁이에, 드문드문 나무들이 서 있는 벽 모양의 비탈에 기대어진 벤치가 하나 있었다. 그는 거기에 앉아서 똑바로 앞을 바라보았다.

그 길의 다른 편에는 바로 메마른 풀밭이, 완만히 스쳐 흘러가는 강에 이르기까지, 내리막을 이루고 있었다. 저쪽에는 두 줄의 포플러 사이로 일직선 도로가 나 있었다. 거기에는 희미한 보랏빛 지평선을 따라 농부의 마차 한 대가 힘겹게, 또 외로이 느릿느릿 굴러가고 있었다.

그는 앉아서 한곳을 응시할 뿐 도대체 아무 행동도 하지 않았기 때문에, 스스로 움직일 엄두를 내지 못하고 있었다.

그런 와중에도 계속해서 풍겨 오는 그 후텁지근한 재스민 향내!

세상이 온통 숨 막힐 듯하고 이 미지근하며 찌는 듯 답답한 정적, 목 타는 갈망의 정적으로 가득 차 있는 것 같았다. 어떤 해방이 와야 한다고, 그는 느끼고 있었다. 그 어디선가로부터 어떤 구원이, 그 자신과 대자연의 내부에 있는 이 모든 갈망을 폭풍우처럼 시원하게 해소해 줄 수 있는 어떤 충족이 와야 한다고, 그는 느꼈다.

그리고 그때 그는 다시금 그녀를 머릿속에 떠올렸다. 그녀는 밝은 빛깔의 고전극 의상을 입고 있었으며, 가늘고 긴 팔은 부드럽고 시원할 게 틀림없었다.

그러자 그는 반쯤 막연한 결의를 갖고서 벌떡 일어서더니 시내로 향하는 길을 서둘러 걸어갔다.

그가 목적지에 도달했다는 희미한 의식과 함께 멈춰 섰을 때, 그의 가슴은 문득 크게 놀라 두근거리기 시작했다.

벌써 완연한 저녁이었다. 그의 주위의 모든 것은 조용하고 어두웠다. 이 시간에는, 아직도 교외와 별로 차이가 없는 이곳에서는 단지 이따금씩 사람 하나가 나타나곤 할 뿐이었다. 구름 때문에 가볍게 가려진 수많은 별들 사이로 달이 중천에 떠 있었다. 거의 꽉 찬 보름달이었다. 아주 먼 곳에 있는 한 가스등의 희미한 불빛이 보였다.

그리고 그는 그녀의 집 앞에 서 있었다.

아니다, 그는 이리로 오려고 한 것이 아니었다! 그렇지만 그가 의식하지 못한 가운데, 그의 내면적 욕구가 그것을 원했던 것이다.

그리고 어제 그가 거기에 서서 꼼짝 않고 달을 쳐다보았을 때 그래도 이렇게 된 게 당연한 것 같기도 했으며, 그가 올 곳은 역시 거기였다.

거기에는 달빛 외에도 그 어디로부턴가 다른 불빛이 들고 있었다.

그것은 위에서부터, 4층에서부터, 창문이 하나 열린 그녀의 방으로부터 새어 나오는 불빛이었다. 그녀는 극장에서 일하고 있지 않았다. 그녀는 집에 있었으며 아직 잠자리에 들지 않았던 것이다.

그는 눈물을 흘렸다. 그는 울타리에 몸을 기대고 서서 울었다. 모든 일이 매우 슬프게 생각됐다. 세계는 그렇게 조용했고 목말라했으며 달은 창백했다.

그는 오랫동안 울었다. 왜냐하면 그는 잠시 동안 이것을 그토록 갈망해 오던 해결, 시원하게 풀어 줄 해방으로 느꼈기 때문이었다. 그러나 이윽고 그의 두 눈은 전보다 더 메마르고 뜨거워졌다.

그리하여 목마르게 죄어드는 감정은 다시금 그의 전신을 덮쳐 왔고, 그는 신음을 토하지 않을 수 없었다. 이 신음이 향하는 곳은 바로 저…….

'에라, 모르겠다. 될 대로 되어라.'

'아니야! 굴복하면 안 돼. 정신을 차려야지!'

그는 온몸을 쭈욱 뻗었다. 사지의 근육이 팽팽하게 부풀어 올랐다.

그러나 곧 그 어떤 아련하고 미지근한 고통이 그의 기력을 다시금 빼앗아 버렸다.

'차라리 지친 나머지 굴복하는 편이 낫지!'

그는 가볍게 현관문의 손잡이를 밀치고는 천천히 그리고 발을 질질 끌면서 층계를 올라갔다.

하녀가 이러한 시간에 온 그를 약간 놀라서 바라보았다. 그러나 주인아씨는 집에 계시다고 말해 주었다.

하녀는 그의 방문을 주인아씨께 알려 주지 않았기 때문에 그는 짧게 노크를 한 다음에 곧 이르마의 거실로 통하는 문을 몸소 열었다.

그는 자신이 지금 무슨 행동을 하고 있는지, 하나도 의식하지 못했다. 그가 문 쪽으로 간 것이 아니라, 그가 자기 자신을 거기로 가게 한 것이었다. 그는 마치 무엇인가를 붙잡고 있다가 힘에 겨워 놓쳐 버린 것 같은 기분이 들었으며, 그리하여 이제는 그 어떤 소리 없는 필연성이 심각하고도 거의 구슬픈 몸짓으로 그에게 그쪽으로 가도록 명령하는 것 같았다. 그는 이 묵묵하고도 강력한 명령을 따르지 않으려는, 그 어떤 독자적으로 심사숙고하려는 의지가 그의 내심을 단지 괴로움으로 가득 찬 반항으로 바꾸어 놓은 것 같다고 느꼈다. 굴복이다, 굴복! 굴복하고 나면 올바른 것, 필연적인 일이 생길 테니…….

노크를 하자 그는 말하기 위해 목청을 가다듬으려는 듯한 낮은 잔기침 소리를 들었으며, 이윽고 그녀의 "들어오세요."라는 소리가 피곤하고도 의아해하는 음조로 울려왔다.

그가 방 안에 들어섰을 때 그녀는 둥근 탁자 뒤의 소파 구석, 반쯤 어두운 방의 안쪽 벽에 몸을 기대고 앉아 있었다. 등불은 열린 창문 곁의 작은 테이블 위에서 갓을 쓰고 타오르고 있었다. 그녀는 그를 쳐다보지 않았고, 하녀가 들어왔다고 여기는 듯 한쪽 뺨을 등받이 쿠션에 갖다 대고는 자신의 피곤한 자세를 유지하고 있었다.

"안녕하십니까, 벨트너 양!" 하고 그는 나지막하게 말했다.

그러자 그녀는 소스라치게 놀라 고개를 들고는 대단히 질린 상태로 한동안 그를 쳐다보았다.

그녀는 창백했으며, 그녀의 두 눈은 충혈되어 있었다. 조용히 몰두해 있는 고통의 표정이 그녀의 입가에 어려 있었고 알 수 없게 부드러운 피로의 탄식이 그를 향해 올려다보는 그녀의 시선 속에, 그리고 이윽고 다음과 같이 묻는 그녀의 목소리의 울림 속에 담겨져 있었다.

"이렇게 늦은 시간에요?"

그때 그의 마음속에서는 그가 아직까지 한번도 제정신을 잃어 본 적이 없었던 까닭에 지금까지 결코 느껴 보지 못했던 그 무엇이 솟구쳐 올랐다. 그것은 사랑스럽고 명랑한 행복의 모습을 하고 그의 인생 위에 떠다니던 이 귀여운 두 눈 속에서, 이 사랑스럽고 사랑스러운 얼굴에서 고통스러운 빛을 봐야 하는 따뜻하고도 열렬한 괴로움이었다. 아닌 게 아니라 그는 지금까지 언제나, 단지 자기 자신에 대한 연민만을 느껴 왔었다. 그러나 이제는 그녀에 대한 깊고도 끝없는 연민이 그의 심중에서 솟아났다.

그리하여 그는 선 자리에 그대로 멈춰 서서 조심스레 낮은 목소리로 물었다. 그러나 그의 감정은 진정 어린 목소리에 함께 섞였다.

"왜 울고 계셨지요, 이르마 양?"

그녀는 아무 말 없이 그녀의 품 안을, 그 안에서 그녀가 손으로 쥐어짜는 흰 손수건을, 내려다보고 있었다.

그러자 그는 그녀에게로 다가가 그녀 곁에 앉아서 차갑고 촉촉하면서도 가늘고 희뿌연 그녀의 두 손을 잡고 한 손씩 차례로 다정스럽게 키스했다. 그리고 가슴속 깊은 곳에서부터 뜨거운 눈물이 두 눈으로 솟구쳐 오르는 가운데 그는 떨리는 목소리로 다시 물었다.

"당신은 울고 있었잖소……?"

그러나 그녀는 고개를 더욱더 깊이 가슴 위로 떨구었다. 그래서 그녀 머리칼의 은은한 방향이 그에게로 풍겨 왔다. 그리고 그녀의 앞가슴이 무겁고 불안하며 소리 없는 고뇌와 씨름하고, 그녀의 섬약한 손가락들이 그 자신의 손가락들 안에서 경련을 일으키는 동안 그는 그녀의 비단결처럼 부드러운 긴 두 속눈썹에서 두 줄기 눈물이 천천히 그리고 무겁게 흘러내리는 것을 바라보았다.

그 순간 그는 그녀의 두 손을 불안에 가득 찬 채로 자기의 가슴에 갖다 대면서 절망적인 고통에 찬 나머지 목이 메어 큰소리로 탄식했다.

"당신이 우는 걸 보고 있을 수가 없어! 난 정말 그것을 견딜 수가 없어!"

그러자 그녀는 창백해진 조그마한 얼굴을 들어 그를 쳐다보았다. 그리하여 그들은 서로 상대방의 두 눈을 깊이, 깊숙이 영혼에 이르기까지 들여다볼 수 있게 되었으며, 이 시선 속에서 서로 좋아하고 있다는 사실을 서로에게 알릴 수 있었다. 그다음 순간, 기쁨에 겨워 소리를 내지르면서 구제해 주고 절망적이면서도 아주 행복하게 하는 한마디의 사랑의 외침을 통하여 두려움의 마지막 벽이 뚫렸다. 그리하여 그들의 젊은 육체는 흥분된 욕구 속에서 서로를 껴안았으며 그들의 떨리는 두 입술은 무겁게 포개어졌다. 주위의 온 세상이 가라앉는 듯한 이 오랜 첫 키스 속으로, 이제는 끈끈하고 탐욕적으로 변한 저 라일락 향기가 열린 창문을 통해 흘러들어 갔다.

그리하여 그는 그녀의 연약한, 거의 지나치게 날씬한 몸매를 의자로부터 안아 올렸으며, 그들은 서로 상대방의 입술 안으로 그들이 얼마나 서로 사랑하는지를 더듬거리며 말했다.

그리고 사랑의 수줍음 때문에 지고한 신과 같은 존재였고, 그의 앞에선 항상 약하고 서투르고 왜소하게만 느껴졌던 그녀가 그의 키스들로 동요하기 시작했을 때 그는 이상하게도 온몸에 전율이 스치는 걸 느꼈다.

밤중에 그는 한번 깨어났다.

그녀의 머리칼에 달빛이 어른거렸고, 그녀의 한 손이 그의 가슴 위에 놓여 있었다.

그때 그는 하느님을 우러러보았고 잠든 그녀의 두 눈에 키스했으며, 그 순간 그는 지금껏 그 어느 때보다도 더 착한 청년이었다.

밤새도록 폭풍우가 쏟아졌다. 대자연은 그 답답한 열병으로부터 구제받았다. 온 세상이 새롭고 신선한 향기를 내뿜고 있었다.

서늘한 아침 햇살을 받으며 창을 든 병사들이 시가를 가로질러 행진했다. 사람들은 문 앞에 서서 좋은 공기를 들이쉬면서 기뻐하고 있었다.

그리고 그가 온몸에 꿈속처럼 지복한 나른함을 지닌 채, 다시 젊어진 봄을 뚫고 자신의 숙소로 천천히 가고 있었을 때 그는 연푸른 하늘을 향해 몇천 번이고 자꾸만 환호성을 지르고 싶었다. 오, 너 귀여운 사람, 귀여운 사람, 귀여운 사람!

이윽고 그는 집으로 돌아와 책상 앞에서 그녀의 사진을 앞에 두고 자신을 돌이켜 보며, 자기 내면에 대하여 자신이 무슨 짓을 했는가 하고, 그 자신이 이 모든 행복에도 불구하고 소위 말하는 놈팡이가 아닌가 하고 양심적으로 자기 시험을 시도했다. 만약 자신이 그런 놈팡이에 불과하다면 그는 심한 양심의 가책을 받았을 것이다.

그러나 그것은 선량하고 아름다운 일이었다.

그의 기분은 첫 성찬식을 받았을 때처럼 청명하고도 엄숙했다. 그리고 그가 새소리 지저귀는 봄날과 부드럽게 미소 짓는 하늘을 내다보았을 때 그의 기분은 다시금 간밤에 그랬던 것처럼, 마치 그가 진지하고도 묵묵한 감사의 심경에 젖어 존경하는 하느님의 얼굴을 보는 듯했다. 그래서 그의 두 손은 자기도 모르는 사이에 합장이 되었으며, 그는 열렬한 애정을 다하여 그녀의 이름을 경건한 아침 기도문으로서 속삭이듯 발음했다, 그 이름이 바깥의 봄 속으로 흘러들도록.

뢰링 — 아니, 아니야, 그는 이 사실을 알아선 안 돼. 그는 정말이지 참 좋은 청년이긴 하지만, 틀림없이 이 일에 대해서 또다시 평소 버릇대로 이러쿵저러쿵하면서 이 일을 아주 우스꽝스럽게 만들어 버릴 게 틀림없어. 차라리 내가 언젠가 고향 집에 가게 되면, 그렇지, 그러면 난 등잔불이 소리를 내며 깜박이는 저녁 때 언젠가 내 어머니에게 이야기해 드려야지, 이 모든, 모든 내 행복에 대해서…….

그리하여 그는 다시금 그 행복 속으로 침잠해 들어갔다.

일주일 후 뢸링은, 물론 훤히 알게 되었다.

"이 사람아!" 하고 그는 말했다. "자넨 내가 그렇게 백치인 줄 아나? 난 다 알고 있어. 그 일을 내게 어디 한번 상세히 이야기해 줄 수 없겠나?"

"난 자네가 무슨 말을 하는지 모르겠군. 그러나 내가 설령 자네가 무슨 말을 하는지 안다고 해도 난 자네가 알고 있다는 그 일에 대해서라면 입을 열지 않을 거야."라고 그는 자못 진지하게 응수하면서 자기 말의 문장을 교묘한 복합 구문으로 비비 꼬고, 의젓한 표정을 짓고는 집게손가락으로 제스처를 취해 가면서 상대를 놀려 댔다.

"아, 이것 좀 봐라! 이 사람이 이것 참 위트도 있네! 이 티 없는 사람아! 그래 아주 행복하게나, 이 친구야."

"그래 난 정말 행복해! 뢸링!" 하고 그는 진지하게 그리고 단정적으로 말했다. 그러고는 진심으로 친구의 손을 꽉 잡아 주었다.

그러나 그 친구는 그것을 벌써 너무 감상적으로 받아들이는 것이었다.

"이봐, 자네." 하고 그는 물었다. "이르마 양은 이제 곧 젊은 아내 역을 맡게 되지 않을까? 그녀에게는 끈 달린 부인용 모자가 아주 잘 어울릴걸! 참, 내가 자네들 집안 친구가 될 수 없겠나?"

"뢸링, 자넨 참 짓궂기도 하군!"

어쩌면 뢸링이 떠벌리고 다녔는지도 몰랐다. 어쩌면 이 일을 통해 아는 사람이나 지금까지의 습관들로부터 완전히 멀어진 우리의 주인공이다 보니, 이 사건이 오랫동안 알려지지 않은 채 지속될 수 있다는 것 자체가 도저히 불가능한 일이었는지도 몰랐다. 얼마 가지 않아서 시내 사람들은 '괴테 극장의 벨트너'가 어떤 새파란 대학생과 '놀아난다.'라고 쑥덕거렸으며, 사람들은 이제 그 '계집'의 정숙함에 대해서는 예전부터 이미 단 한 번도 곧이 믿은 적은 없었다고 확인을 해 댔다.

정말이지 그는 모든 것과 멀어졌다. 그의 주위엔 온 세상이 가라앉아 버린 것 같았다. 그리하여 순전히 분홍빛 구름 덩어리와 바이올린을 켜는 로코코식 날개 달린 사랑의 동신(童神)들만이 공중에 떠 있는, 그 구름 사이로 그는 둥둥 떠다녔다. ── 지복하게 지복하게, 지극히 복된 가운데! 시간이 알지 못하는 사이에 휙휙 사라지는 동안, 그는 다만 언제나 그녀의 발치에 누워 고개를 뒤로 젖히고 그녀의 입에서 새어 나오는 숨결을 마실 수만 있으면 그만이었다. 그 외에는 모든 생활이 끝장났고 종말에 이르렀으며 지나간 것이었다. 지금은 단지 이 한 가지만 존재하고 있었다. 그것은 흔히 책 속에서 '사랑'이라는 진부한 한마디 단어로 표현되는 바로 그것이었다.

방금 말했던, 그녀의 발치에 누운 그의 자세는 이 두 젊은 이의 관계를 잘 특징짓고 있었다. 이러한 자세에서 곧 드러난 것은, 같은 나이의 남자보다 여자가 한 이십 년 앞선 온갖 외적인 사회적 우위를 누리고 있다는 사실이었다. 그녀의 마음에 들려는 본능적 욕구 속에서, 그녀의 비위를 맞추려고 말과 동작을 조심하지 않으면 안 되는 쪽은 언제나 그였다. 정말 사랑하는 순간에서의 완전히 자발적인 헌신은 차치하더라도 둘 사이의 단순한 일상적 관계에서도 아무 구애 없이 행동할 수 없고 완전히 거리낌 없는 태도를 취할 수 없는 쪽은 그였다. 헌신적으로 사랑하기에 그런 것도 다소간은 사실이지만, 아마도 그보다는 그가 사회적으로 더 작고 약한 자였던 까닭에 그는 그녀에게 어린애처럼 호되게 욕먹는 것도 감수했으며 그런 뒤에는 굴종적으로 애처롭게 용서를 빌며 다시금 자신의 머리를 그녀의 무르팍에 갖다 대도 좋다는 허락을 구했다. 그녀는 어머니 같은, 거의 연민 어린 애정을 지니고서 그의 머리칼을 애무하듯 쓰다듬어 주곤 했다. 정말이지 그는 그녀의 발치에 누워 그녀를 우러러보았고, 그녀가 원할 때에 오고 원할 때에 갔으며 그녀의 갖가지 변덕 중 그 어떤 것에도 복종했는데, 아닌 게 아니라 그녀는 정말로 변덕스러웠다.

"이 사람아." 하고 뢸링이 말했다. "자넨 공처가인 게로군. 내가 보기에 자네는 동거 생활을 하기에는 너무 온순한 것 같아!"

"뢸링, 자넨 바보야. 자넨 그 일을 몰라. 자네가 알 수 없는 일이야. 난 그녀를 사랑하네. 그것이 전부야. 난 그녀를 단순히 그렇게…… 그렇고 그렇게 사랑하는 것이 아니라, 내가 그녀를 사랑하는 것은…… 아, 그건 정말이지 도저히 형언할 수 없어!"

"자넨 정말이지 믿을 수 없을 만큼 좋은 녀석이야." 하고 뢸링은 말했다.

"아, 무슨 당찮은 소리를!"

아, 무슨 당치도 않은 소리인가! '공처가'라느니 '너무 온순하다.'라느니 하는, 이와 같은 어리석은 말투를 쓸 수 있는 것도 따지고 보면 뢸링뿐이었다. 실제로 어떤지에 대해서는 뢸링조차도 전혀 알지 못했다. 그는 도대체 무엇인가? 도대체 그는 무슨 인간이기에 이렇단 말인가? 이러한 관계는 정말로 아주 명약관화한 것이다. 아닌 게 아니라 그는 언제나 그녀의 두 손을 자기의 두 손 안에 잡고 그녀에게 매번 새로이 다음과 같이 되풀이할 수 있을 뿐이었다. ─ 아, 당신이 날 좋아한다는 것, 나를 아주 조금이라도 좋아한다는 사실, 그것만으로도 난 당신에게 얼마나 고마운지!

언젠가 그가 외로이 거리를 배회하던 어느 아름답고 온화한 저녁에, 그는 다시 한 번 한 편의 시를 지었다. 이 시는 그의 심금을 흔들어 놓았는데, 내용은 다음과 같았다.

> 빨갛던 저녁노을 사그라지고
> 이제 하루가 조용히 저무려는가.
> 그러면 네 두 손을 경건히 모아
> 하느님을 우러러보라.
>
> 비애에 젖어
> 우리의 행복을 가만히 내려다보는
> 조용한 그의 눈길이 우리에게 말해 주고 있지 않은가,
> 이 행복도 언젠가는 사라질 것이라고.
>
> 이 봄이 사그라지면
> 황량한 겨울이 오고,
> 가혹한 삶의 손아귀 안에서 행복도
> 길을 잃어 서로 주인을 뒤바꾸리라……

아니다. 네 머리를, 네 귀여운 머리를
그렇게 불안하게 떨며 내 머리에 기대지 말아다오,
아직도 봄은 푸른 잎새와
밝은 햇빛으로 가득 찬 채 웃고 있으니!

아니다, 울지 말아라! 고통은 멀리서 졸고 있으니,
오, 오라, 오너라, 그대 나의 가슴으로!
사랑은 아직 하늘을 우러러 환호하네,
감사하는 마음에 넘쳐!

그러나 이 시가 그의 심금을 울렸다는 것은 그가 어떤 종말의 가능성을 진지하게 자기 눈앞에 떠올려 보았기 때문은 아니다. 그것은 정말이지 생각만 해도 몸서리쳐지는 망상이었다. 정말 그의 진심에서 우러나온 것은 사실상 마지막 연(聯)뿐이었는데, 여기에는 음률의 구슬픈 단조로움이 현재 즐겁게 누리는 행복에 유쾌히 취한 나머지 빠르고 자유로운 리듬으로 피어나고 있었다. 그 밖의 나머지 것은 다만 그로 하여금 뜻 모를 막연한 눈물을 두 눈에 고이게 하는, 그런 음악적 분위기에 지나지 않았다.

그러고 나서 그는 다시금 고향의 가족에게 편지를 썼는데 그 내용은 아무도 이해할 수 없었다. 그 안에는 도대체 내용이라곤 없었다. 그 대신 그 편지들에는 극도로 흥분된 구두점이 표시돼 있었으며, 겉보기로는 전혀 동기를 헤아릴 수 없는 수많은 느낌표들로 가득 차 있었다. 그러나 어쨌든 그는 어떻게든지 그의 이 모든 행복을 전달하고 털어놓지 않으면 안 되었다. 하지만 그럼에도 곰곰이 생각해 봤을 때 이 일에 대해서 아주 다 털어놓을 수는 없었기 때문에 바로 이렇게 다의적(多義的)인 느낌표를 남발하는 정도에 머무를 수밖에 없었다. 박식한 그의 아버지조차도 '저는 한 ── 없이 행복해요!'라는 내용 이상으로 아무런 뜻도 없는 이 난해한 기호들의 진의를 도저히 풀어낼 수 없으리라는 생각에, 그는 가끔 슬며시 행복에 젖어 홀로 회심의 미소를 짓곤 했다.

이렇게 귀엽고 어리석고 달콤하며 깨가 쏟아지는 행복 속에서 시간은 흘러 7월 중순이 되었으며, 이 이야기도 이제는 지루하게 될 판인데, 그러던 중 문득 재미있고 흥미로운 어느 날 아침이 찾아왔다.

사실 그날 아침은 대단히 아름다웠다. 아직도 상당히 이른 아침이었던 9시 무렵이었다. 햇볕은 단지 기분 좋을 정도로 피부에 와 닿고 있었다. 공기도 매우 좋은 내음을 풍겼는데, 그는 이것이 바로 그 묘한 첫날밤을 치르고 난 이튿날 아침의 그 공기와 똑같음을 알아차렸다.

그는 매우 즐거워하며 지팡이를 새하얀 보도 위에 휘두르면서 유쾌하게 걸어가고 있었다. 그는 그녀에게로 가려고 했던 것이다.

그녀는 그가 올 줄 전혀 모르고 있었지만 바로 그 점이 더욱 마음에 들었다. 그는 이날 아침 강의에 참석할 계획이었지만, 물론 이 계획은 실현될 수 없었다. ── 오늘 같은 날에 하필이면! 이 좋은 날씨에 강의실에 앉아 있어야 하는가? 비가 왔으면 ── 틀림없이 계획대로 했을 것이다. 그러나 사정이 이러하고 이처럼 밝고 부드럽게 웃는 날씨에…… 그녀에게, 그녀에게로 가자! 이와 같은 그의 결심은 그에게 최상의 기쁨을

쳤다. 그는 건초가를 내려가는 동안 「농부의 기사도」에 나오는 술자리 노래의 씩씩한 리듬을 휘파람 소리를 내어 불렀다.

그녀의 집 앞에 멈추어 서서 그는 한동안 라일락 향기를 들이마셨다. 이 관목과 더불어 그는 점점 내밀한 우정을 맺어 오고 있었다. 그는 이곳에 올 때면 언제나 이 나무 앞에 걸음을 멈추고, 물론 말은 없지만 지극히 정다운 잠시 동안의 대화를 나누었던 것이다. 그러면 그 라일락나무는 그를 또다시 기다리는 그 모든 감미로운 사연들에 대해서 나지막하고 부드러운 약속의 밀어로 그에게 속삭이곤 했다. 사람들은 제삼자에게 도저히 전달할 수 없을 만큼 큰, 그런 어떤 행복이나 고통에 직면하면 흔히 자신의 이 감정 과잉을 어쩌지 못하여 위대하고 묵묵한 자연에게로 다가가게 된다. 또 이렇게 되면 자연은 정말 아닌 게 아니라 이따금 마침 이런 일에 대해서 무엇인가를 이해해 주는 듯한 기색을 보이기 마련인데, 그가 그 라일락나무를 바라보는 것도 흡사 이러한 관계였다. 사실 그는 이 나무를 오래전부터 이 일과 얽인 그 무엇으로서, 그 자신과 똑같이 느껴 주고 서로 모든 것을 털어놓을 수 있는 그 무엇으로서 바라봤으며, 그 자신의 끊임없는 서정적 감격성으로 인해 그것에다가 단순히 부수적으로 등장하고 마는 일종의 엑스트라 이상의 의미를 부여하고 있었다.

이 사랑스럽고 부드러운 향내로부터 충분히 이야기를 듣고 장래의 속삭임을 들었을 때 그는 그녀의 방으로 걸어 올라갔다. 그리고 지팡이를 복도 위에다 세워 놓은 다음, 즐거움에 넘쳐 양손을 자신의 밝은 여름 양복의 바지 주머니에 찔러 넣고, 둥근 모자는 그녀가 제일 좋아하는 대로 고개 뒤로 젖혀 쓴 채, 노크도 하지 않고 거실로 들어섰다.

"안녕, 이르마! 어이, 당신은 아마도⋯⋯." 뜻밖의 방문에 놀랐지, 하고 그는 말하려고 했으나 놀란 것은 오히려 그 자신이었다. 방에 들어서면서 그는 그녀가 마치 급히 무엇인가를 가져오려는 것처럼, 식탁에서 벌떡 일어서는 것을 보았다. 그녀는 거기 그대로 서서 놀랄 만하게 커다란 눈동자로 그를 바라보면서 어찔 줄 몰라 입 위에 냅킨을 가져다 댈 뿐이었다. 식탁 위에는 커피와 구운 과자가 놓여 있었다. 식탁의 다른 쪽에는 새하얀 카이저 수염을 하고 아주 단정하게 옷을 차려입은 점잖은 한 노신사가 앉아서 음식을 씹고 있다가 대단히 놀라면서 그를 쳐다보았다.

그는 재빨리 모자를 벗고는 당황한 나머지 그것을 두 손으로 잡고 빙빙 돌렸다.

"아, 용서해 줘." 하고 그는 말했다. "난 당신에게 손님이 계신 줄 몰랐어."

이 '당신'이라는 말을 듣자 그 노신사는 씹기를 멈추고, 그제야 젊은 여자의 얼굴을 바라봤다.

그녀가 창백한 얼굴로 여전히 장승처럼 거기 그렇게 서 있자 그 선량한 젊은이는 말할 수 없이 놀랐다. 그러나 그 노신사야말로 훨씬 더 참혹하게, 마치 시체처럼 보였다. 그리고 몇 가닥도 되지 않는 머리카락은 아직 빗질도 되지 않은 것 같았다. 이 사람은 도대체 누구라는 말인가? 그는 황급히 이 의문을 풀려고 애를 썼다. 그녀의 친척인가? 그러나 그녀는 지금까지 그에게 그런 친척에 관해서는 일언반구도 언급한 적이 없지 않은가? 자, 어쨌든 그는 불청객이 되었으니 이 얼마나 통탄할 일인가! 그는 그렇게도 기뻐했더랬는데! 이제 그는 다시 돌아갈 수밖에! 그것은 지긋지긋한 순간이었다. 그 누구도 입을 열지 않았다. 그러나저러나 그녀를 어떻게 대해야 하지?

"어째서?" 하고 갑자기 그 노신사가 말했다. 그 역시 이 수수께끼 같은 질문에 대한 해답을 얻으려는 것처럼 그의 작은, 움푹 들어간, 광채가 도는 회색의 두 눈으로 자기 주위를 둘러보았다. 그는 아닌 게 아니라 약간 정신이 나간 듯했다. 그의 얼굴 표정은 멍청하기 짝이 없었다. 그의 아랫입술은 힘없이 그리고 어리석게 축 늘어져 있었다.

그때 우리 주인공의 머리에는 갑자기 자기 자신을 소개해야겠다는 생각이 떠올랐다. 그는 대단히 예의 바르게 자신을 소개했다.

"제 이름은 ×××입니다. 저는…… 다만 방문하고자 했을 따름입니다……."

"그게 대체 나와 무슨 상관이오?" 하고 그 점잖은 노신사가 갑자기 언성을 높여 꾸짖듯 말했다. "대체 용무가 뭐요?"

"용서하십시오, 저는……."

"아, 무슨 소리야! 어서 계속해서 말해 봐요. 당신은 이 자리에서 완전히 불청객이라는 말이야. 그렇지 당신?" 이렇게 말하면서 그는 상냥하게 이르마를 쳐다보며 눈을 가늘게 깜빡여 보였다.

그러나 이렇게 되고 보니 우리의 주인공은 사실 무슨 영웅 같은 주인공이라 할 수는 없어도 ─ 그 온갖 환멸이 그에게서 그 좋던 기분을 싹 가시게 한 것은 말할 것도 없었고 ─ 그 노신사의 말투가 너무나도 심하게 모욕적이었기 때문에 즉각적으로 태도를 바꾸게 되었다.

"실례합니다만, 노인장." 하고 그는 침착하고도 단호하게 말했다. "전 노인장께서 무슨 권리로 제게 그런 투로 말씀을 하시는지 정말 이해가 가지 않습니다. 더구나 저로 말하자면 이 방에 머무를 수 있는 권리를 최소한 노인장만큼은 지니고 있다고 생각되는 바입니다."

이 말은 그 노신사에게는 너무 심한 충격을 줬다. 그는 그런 일에 익숙하지 못했다. 아랫입술이 감정의 격한 동요 속에서 이리저리 움찔거렸다. 그리고 그는 냅킨으로 세 차례나 자기의 무릎을 치면서, 그의 빈약한 온갖 발음 기관을 총동원하여 다음과 같은 몇 마디 말이 튀어나오도록 했다.

"네 이 고얀 놈 같으니! 네 이 고얀, 고얀 놈아!"

이렇게 불린 사람은 방금 전 응답 때까지만 해도 아직 분노를 조용히 가라앉히며 이 노신사가 이르마의 친척일 수도 있다는 가능성을 생각했으나, 이제 그의 인내심은 한계선을 넘어서게 되었다. 그 젊은 여자에 대한 자신의 지위 의식이 그의 내부에서 자랑스럽게 솟구쳤다. 제삼자가 누구든지 이제 그에게는 아무래도 좋았다. 그는 극도로 무례한 모욕을 당했으므로 자기의 가장권(家長權)을 적절하게 발휘하는 듯한 기분으로 문을 향해 돌아서면서 분노를 띤 강력한 어조로 그 점잖은 노신사에게 이 집에서 즉각 나가 줄 것을 요구했다.

그 노신사는 한동안 입을 열지 못했다. 이윽고 그는 정신 없이 방 안 이곳저곳에 눈을 돌리면서 웃음 반, 울음 반으로 웅얼거렸다.

"아, 아니 이럴 수가…… 아니, 차마 이럴 수가…… 원, 이럴 수가! 도대체 당신은 이 일을 어떻게 생각해?" 이렇게 말하면서 그는 이르마에게 구원을 청하듯 허공을 올려다보았으나 그녀는 벌써부터 등을 돌리고 서 있었으며 한마디 말도 하지 않았다.

그 불행한 노인이 그녀에게서는 어떤 지원도 바랄 수 없다는 사실을 인식했을 때, 그리고 설상가상으로 상대방이 문을 향해 계속 나가라는 손짓을 하며 드러내는 협박적인 조급성을 그로서도 알아차리지 못했을 리가 없었기 때문에, 그 노인은 그만 이 싸움에서 자기가 패배했다고 치부해 버렸다.

"내가 가지." 하고 그는 일종의 품격 있는 체념을 보이면서 말했다. "내가 즉시 나가겠어. 그러나 우리들은 서로 두고 봐야 할 거야, 네 이 치한 같으니라고!"

"네, 우리 서로 두고 봅시다!" 하고 우리의 주인공은 소리쳤다. "어디 한번 두고 봅시다! 말해 두지만, 노인장, 당신은 그 따위로 나에게 욕설을 퍼붓지 말았어야 했다고요! 우선, 나가시오!"

그 노신사는 떨면서 그리고 신음하면서 의자로부터 일어서려고 애썼다. 넓은 바짓가랑이들이 그의 깡마른 두 다리 사이에서 헐렁거렸다. 그는 자신의 양 허리춤을 잡았으며 하마터면 그 자리에 도로 주저앉을 뻔했다. 이것이 그로 하여금 감상적인 기분을 가지게 했다.

"내 불쌍한 늙은 몸이!" 하고 그는 문 쪽으로 비틀비틀 걸어가면서 흐느꼈다. "내 이 가련한, 가련한 늙은 몸이! 이 치한의 무례를…… 오 — 에!" 그러더니 그의 마음속에서는 다시금 일종의 품격 있는 분노가 솟구쳤다. "그러나 우리는, 우리는 어디 두고 보자! 두고 봐! 두고 보자고!"

"그래 두고 봅시다!" 하고 노인을 잔인하게 학대한 자는 오히려 이제는 재미있어 하며 복도에서 되받아 다짐했다. 그러는 동안 노신사는 떨리는 손으로 자신의 실크해트를 썼고 두툼한 외투를 팔 위에 걸치고는 불안한 걸음걸이로 계단이 있는 데까지 이르렀다. 노신사의 가련한 몰골이 점차로 연민의 정을 자극했기 때문에 "그래요. 두고 보십시다." 하고 그 마음씨 착한 젊은이는 아주 부드러운 어조로 반복했다. "저는 원하시면 언제든 뵙겠습니다."라고 그는 정중하게 말을 계속했다. "하시만 저에 대한 노인장의 태도를 생각해 보시면 노인장께서도 제 태도를 놀랍게 생각하실 수만은 없으실 겁니다." 그는 정식으로 고개를 숙여 보였다. 그러고는 저 아래에서 택시를 잡지 못해 애쓰는 노신사의 소리를 들으면서 그를 그냥 내버려 두었다.

이제야 비로소 그의 머릿속에 그 사람이, 그 정신 나간 노신사가 대체 누구일까 하는 생각이 다시금 떠올랐다. 결국은 그녀의 친척인 게 사실일까? 아저씨나 할아버지 또는 그 비슷한 사람이 아닐까? 원, 그런 사람이라면 그를 너무 심하게 대하지 않았던가. 그 노신사는 원래, 천성부터 바로 그런 사람인가 보지! 그러나 만약 그랬다면 그녀가 무엇인가 눈치를 줘서 알아차리게 했을 텐데…… 그러나 그녀는 이 모든 일에 전혀 개의치 않는 듯한 태도를 취하지 않았던가! 지금에야 비로소 이 사실이 그의 머리에 떠올랐다. 여태까지 그의 모든 주의력은 그 염치없는 노신사에게 쏠려 있었던 것이다. 그 사람은 도대체 누구라는 말인가! 그는 기분을 정말로 완전히 잡쳤으며, 자기가 교양 없이 행동했을지도 모른다는 생각에 한동안 그녀에게로 다가가는 것을 망설였다.

이윽고 그가 다시 방문을 걸어 잠그고 돌아섰을 때, 이르마는 소파 모퉁이에 옆으로 앉아 있었으며 자기 모시 손수건의 한쪽 귀를 이로 물고 있었다. 그러고는 그를 향해 한번 몸을 돌리지도 않은 채 똑바로 허공을 응시하고 있었다.

그는 한동안 전혀 어찌할 바를 모르고 거기 서 있다가 두 손을 가슴에 모으고는 어쩔 줄 몰라 하다가 거의 울부짖다시피 말했다.

"자아, 제발 내게 말 좀 해 줘, 그게 대체 누군지, 원!"

그녀는 꼼짝도 하지 않았으며, 한마디 말도 없었다.

그는 전신에 전율을 느꼈다. 딱히 꼬집어 말할 수 없는 어떤 공포가 그의 내부에서 치밀어올라 왔다. 그러나 이윽고 그는 이 모든 것이 단순히 우스꽝스러운 일에 불과하다고 자신을 애써 달랬으며, 그녀 곁에 나란히 앉아서 아버지와도 같은 태도로 그녀의 손을 잡았다.

"자, 이르마, 이제 그만 진정해요. 당신, 내게 화를 내고 있는 것은 아니겠지? 그가 먼저 시작했잖아, 그 노신사가…… 자, 대체 그가 누구였지?"

역시 묵묵부답이었다.

그는 일어서서 어찌할 바를 모른 채 한두 걸음 그녀로부터 물러섰다.

그녀의 침실로 통하는 소파 옆의 문은 반쯤 열려져 있었다. 갑자기 그는 그 방 안으로 들어갔다. 젖혀진 침대의 상단 옆 야간용 탁자 위에서 그는 무엇인가 눈에 띄는 것을 발견했기 때문이다. 그가 다시금 거실로 들어섰을 때 그는 두서너 장의 종이를 손에 들고 있었는데, 그것은 지폐였다.

그는 일순간 다른 뭔가에 대해 말할 거리를 갖게 되어 기뻤다. 그는 그 지폐들을 그녀 앞 탁자 위에다 놓으면서 말했다.

"이걸 잘 간수해 두지 그래. 저기 놓여 있었어."

그러나 그는 갑자기 납(蠟)같이 창백하게 되었으며, 그의 두 눈은 휘둥그래지고 두 입술이 떨리면서 서로 벌어졌다.

그가 지폐들을 가지고 방 안으로 들어섰을 때 그녀는 그를 향해 두 눈을 부릅떴다. 그는 그녀의 두 눈을 보았던 것이다.

그의 내부에서 그 어떤 몸서리쳐지는 것이 앙상한 회색의 손가락들처럼 치받치더니 그의 목을 안쪽에서부터 꽉 잡아 누르는 것 같았다.

어쨌든 이제 그 불쌍한 청년이 두 손을 허공에 뻗치고, 자기 장난감이 부서져서 마룻바닥에 뒹구는 것을 본 어린애처럼 처절한 어조로, "아, 이럴 수가!…… 아, 차마 이럴 수가!"라고만 계속해서 외쳐대는 애처로운 모습은 차마 보기 어려울 정도였다.

이윽고 그는 휘몰아쳐 오는 공포 속에서 마치 그녀를 자신에게로 구출해 주고 또 자기를 그녀에게로 구출해 가려는 것처럼, 그녀에게 다가서며 혼미한 동작으로 그녀의 두 손을 와락 잡았다. 그리고 절망적인 애원을 담은 목소리로 말했다.

"제발 아니라고…… 제발, 제발 아니라고 말해 줘. 당신은 정말 몰라, 내가 얼마나 당신을…… 내가 당신을 얼마나, 얼마나…… 아니, 제발 아니라고 좀 말해 줘!"

그리고 다시금 그는 그녀에게서 물러서며 창가에 서서 크게 탄식했다. 그러면서 머리를 벽에 심하게 부딪치며 무릎을 꿇고 털썩 주저앉고 말았다.

그 젊은 여자는 완강한 몸짓을 하며 소파 구석 쪽으로 더 깊숙이 몸을 파묻었다.

"난 결국 별수 없는 배우예요. 난 당신이 대체 무슨 헛소리를 하시는지 모르겠어요. 이런 짓은 거의 누구나 다 하는 일이에요. 난 성자인 척하기에 그만 질렸어요. 그렇게 하면 종국에는 어떻게 되는지를 난 보아 왔거든요. 그건 안 돼요. 그건 우리 같은 사람들에게는 불가능한 일이에요. 그런 일이라면 부자들한테나 넘겨줘 버려야만 해요. 우린 우리에게 주어진 손쉬운 일이 우선 무엇인가 하고 살펴봐야 해요. 화장도 해야 하고 그 밖에 모든 것도……." 그녀는 마침내 픽 하고 웃음을 터뜨리면서 내뱉었다. "내가 그렇고 그렇다는 건 세상이 다 아는……."

그때 그는 그녀에게로 와락 달려들어 미친 듯한, 잔혹하고 가학적인 키스를 퍼부었다. 그리고 그가 더듬거리며 "오, 당신이…… 당신이……!" 하는 소리 속에는 그의 모든 사랑이 무서운 반감과 부딪쳐 절망적인 투쟁을 벌이는 것처럼 들렸다.

그때부터 계속해서 그에게 사랑은 증오 속에서 존재하고 육욕도 거친 복수 가운데에서만 있게 되었는데, 그는 이것을 아마도 이 키스에서 배운 것일까? 혹은 그렇지 않으면 그 일이 있고 난 후에 또 무슨 일이 더 일어났던 것일까? 그것에 관해서는 그 자신도 잘 몰랐다.

이윽고 그는 아래쪽의 집 앞에, 미소 짓는 듯한 부드러운 하늘 아래, 그 라일락 관목 앞에, 서게 되었다.

양팔을 몸에 붙게 축 늘어뜨린 채, 그는 꼼짝 않고 오랫동안 거기에 장승처럼 서 있었다. 그러나 갑자기 그는 라일락의 그 감미로운 사랑의 숨결이 예전처럼 부드럽고 순수하며 친근하게, 다시금 그에게 와 닿는 것을 느꼈다.

그 순간 그는 비통과 격분에서 우러난 성급한 동작으로 미소 짓는 하늘을 향하여 주먹을 휘둘렀으며, 그 거짓에 찬 향내 속을, 그 향내가 풍기는 곳의 한가운데를 잔인하게 콱 움켜

잡았다. 그 바람에 라일락 관목이 뚝 꺾어지고 으스러졌으며 그 부드러운 꽃송이들은 짓찢겨 흩날렸다.

이윽고 그는 자기 방 책상 앞에, 묵묵히 그리고 힘없이, 앉아 있게 되었다.

바깥에는 밝은 위용을 띤 여름의 한낮이 유쾌하게 내리쬐고 있었다.

그리고 그는 그녀의 사진을 응시했다. 그녀는 전과 다름없이 아직도 거기에 서 있었다. 그다지도 귀엽고 순수한 모습을 하고서…….

그의 방 위층에서는 구르는 듯한 피아노 소절의 반주에 곁들인 첼로 소리가 아주 진기한 비탄조를 띠고 흘러나왔다. 그리하여 그 깊고 부드러운 가락이 솟아나고 또 때로는 고무시키면서 그의 영혼을 감싸며 깃들 때 몇 구절의 하찮은, 부드럽고도 우울한 곡조가 오래전에 잊힌 고요한 옛 고통처럼 그의 내부에서 떠오르는 것이었다…….

……이 봄이 사그라지면
황량한 겨울이 오고,
가혹한 삶의 손아귀 안에서 행복도
길을 잃어 서로 주인을 뒤바꾸리라……

"그래서 이 시구가 내가 맺을 수 있는 최선의 온건한 결말인 것 같군. ── 그 어리석은 철부지 젊은이가 거기서 홀로 울 수 있도록 말일세."

우리들이 앉은 구석방에는 한동안 완전히 침묵이 흘렀다.

내 곁에 앉은 두 친구 역시, 박사의 이야기가 나에게 일깨운 그 우울한 기분을 느끼지 않을 수 없었던 것처럼 보였다.

"끝났어?" 하고 마침내 마이젠베르크가 물었다.

"끝나길 다행이지!" 하고 젤텐은 내가 보기에 약간 인위적인 냉정함을 가장하며 말했다. 그러고는 일어서서, 맨 뒤쪽 제일 구석의 작은 목각 선반 위에 놓인, 신선한 라일락이 꽂힌 화병 쪽으로 다가갔다.

이제야 갑자기, 나는 그의 이야기가 나에게 준 그 이상하게 강렬한 인상의 출처를 알아냈다. 그것은 바로 라일락 때문이었다. 이 라일락 향기야말로 이 이야기가 흐르는 가운데 아주 의미심장한 역할을 했고, 이를테면 이 라일락이 이 이야기의 분위기를 지배했던 것이다. 박사로 하여금 이 사건을 이야기하게끔 한 동기가 되었던 것은 틀림없이 이 라일락 향기였으며, 나에게 바로 암시적인 영향까지 주었던 것도 바로 이 라일락 향기였던 게 분명했다.

"감동적이야." 하고 마이젠베르크가 말했다. 그러고는 깊은 한숨을 쉬면서 새 궐련에 불을 붙였다. "매우 감동적인 이야기야. 그런데도 아주 지극히 단순하군그래!"

"그렇군." 하고 내가 맞장구를 쳤다. "그런데 바로 이 단순성이 이 이야기의 진실성을 말해 주고 있어."

박사는 얼굴을 라일락에 더 가까이 갖다 대면서 짧게 웃음을 터뜨렸다.

젊은 금발의 이상주의자는 여태까지 한마디도 하지 않고 있었다. 그는 흔들의자를 계속해서 흔들거리면서 여전히 후식용 사탕을 먹고 있었다.

"라우베는 대단히 감동적이었던 모양이지." 하고 마이젠베르크가 말했다.

"감동적인 이야기임에는 틀림없어!" 하고 라우베는 의자 흔들기를 그치고 몸을 일으키면서 흥분해서 말했다. "그러나 젤텐은 내 주장을 반박하려는 의도였어. 이야기 내용 중에서 난 그의 반박이 성공한 부분을 한 군데도 발견하지 못하겠는걸. 이 이야기를 두고 생각해 보더라도, 여성을 지배할 수 있다는 도덕적 정당성이 어디에 있단 말인가……."

"아, 자네의 그 진부한 상투어는 그만 집어치우게!" 하고 박사가 자기 음성에 설명하기 어려운 흥분기를 띠고 거칠게 상대의 말을 가로막고 나섰다. "자네가 아직도 날 이해하지 못했다면 유감스러운 일이지. 오늘 한 여자가 사랑 때문에 망한다면, 내일 그녀는 돈을 위해 타락한다…… 난 그것을 자네에게 얘기하려 했어. 그 이상 아무것도 아니야. 자네가 그처럼 외쳐 대는 도덕적 정당성이 아마도 여기에 있는지도 모르지."

"그런데 말 좀 해 봐." 하고 갑자기 마이젠베르크가 물었다. "그 이야기 혹시 실화 아닌가? 대체 자넨 어떻게 그 이야기를 그렇게 세세한 데에 이르기까지 잘 알고 있지? 그리고 도대체 자넨 그것에 대해 왜 그렇게 흥분하는 거지?"

박사는 한동안 침묵했다. 그러고 나서 갑자기 그의 오른손이 거의 경련을 일으키듯이 짧고 거칠게 홱 움직였다. 그렇게 그는 방금까지도 깊숙이 그리고 천천히 향기를 들이마시던 그 라일락의 한가운데를 콱 움켜잡았다.

"말이 나왔으니 할 수 없네만, 실은……" 하고 그는 말했다. "그 '좋은 녀석'이 바로 나였거든. 그렇지 않다면 그런 건 내게 아무래도 좋겠지만!"

아닌 게 아니라 이렇게 말하는 그의 태도며, 침통하고도

구슬픈 잔인성을 띠고 라일락을 잡아뜯는 모습이며 모두가
꼭 옛날 그대로였으나, 더 이상 그에게서 그 사람 좋은 청년의
흔적이라고는 전혀 찾아볼 수 없는 것 또한 사실이었다.

「타락(Gefallen)」은 1894년《사회》에 발표된 19세 청년 토마스 만의 첫 작품이다.《사회》는 당시 자연주의적 작품을 많이 게재하던 문학 잡지였는데, 토마스 만의 이 작품은 자연주의적 문학 사조와는 다소 거리가 있으며 한 청년의 첫사랑을 다룬 단편 소설이다.

여배우에게 반한 한 순진무구한 젊은이가 그녀의 집을 찾아가 만나고, 결국 둘은 서로 사랑하게 된다. 날씨가 매우 청명한 어느 날 아침, 그는 사랑에 취한 나머지 꿈속을 거닐 듯 예고도 없이 애인의 집을 찾아가는데, 마침 그녀에게는 어떤 노신사가 방문해 있었다. 약간의 언쟁 끝에 그 노신사가 떠나가고, 그는 우연하게도 그녀의 침실 탁자 위에 놓인 몇 장의 지폐를 발견한다.

이 순진한 청년은, 당시 대부분의 여배우들이 출연료만으로는 생활비를 감당하기 어려웠기 때문에, 이른바 '기둥서방'을 두고 있다는 사실을 전혀 모르고 있었던 것이다. 그래서 이 청년의 환멸과 절망은 더욱 컸다.

괴테의 유명한 교양 소설 『빌헬름 마이스터의 수업 시대』의 도입부에 나오는 빌헬름과 그가 사랑한 여배우 마리아네의 사랑, 그리고 그들의 불행한 이별을 연상하게 하는 이 청춘 남녀의 사랑 이야기는 그다지 참신할 것도 없는 진부한 내용이다. 하지만 이 작품에서 중요한 점은 토마스 만이 이렇듯 진부한 내용의 이야기를 이른바 '틀 소설(또는 액자 소설)'이라는 독특한 형식으로 써냈다는 사실이다.

네 명의 친구들이 한자리에 모였다. 마침 화제가 '여성 해방 문제'에 이르자, 그중 한 친구가 여성의 열악한 사회적 지위와 여성을 둘러싼 사회적 편견에 대해 열렬히 논지를 편다. 이에 또래 중에서도 조금 연장자인 젤텐 박사가 세 명의 친구들에게 자신의 첫사랑의 이야기를 고백한다. 이것이 이 틀 소설의 '바깥 이야기'인데, 이것을 통해 '속 이야기(젤텐 박사의 첫사랑)'가 객관적으로 해석될 수 있는 여지가 생겨나는 것이다. 열아홉 살의 청년 작가치고는 독창적인 작품 구성이 아닐 수 없다. 바로 여기서 토마스 만의 유명한 반어적 기법이 드러나기도 한다. 반어적 서술이란 작가가 어느 한 인물의 입장에 서서 서술하지 않고 사건을 비교적 객관적으로 묘사함으로써, 독자가 작중 인물의 상황이나 감정에 다소간의 거리감을 지니게 하는 기법 또는 그러한 태도를 말한다.

초기 토마스 만의 문학은 친가와 외가, 시민성과 예술성, 북독과 남독 등 주로 두 세계의 갈등을 다뤘는데, 이때 이러한 갈등 묘사에 이 반어적 서술 기법을 즐겨 사용했다. 이렇게 반어(Ironie)와 반어적 서술 기법은 토마스 만의 산문 문학을 관류하는 중요한 특징이 된다.

「타락」은 정밀성과 완벽성을 자랑하는 후일의 토마스 만

작품들에 비하면 다소 미숙한 점을 노출한 첫 작품이지만, 그는 이 첫 작품에서 이미 훗날 대가가 될 싹을 보여 주었다.

「타락」이 출간된 지 사 년 후인 1898년에, 단편집 『키 작은 프리데만 씨(Der kleine Herr Friedemann)』가 당시 독일 문단에서 중요한 위치를 차지하던 피셔 출판사를 통해 출간되었다. 단편집의 제목으로 내세운 단편 「키 작은 프리데만 씨」는 특히 한 가지 사실에서 우리의 주목을 요한다. 토마스 만이 이 단편에서 처음으로 자신의 고향 뤼베크를 본격적으로 묘사하기 시작했다는 사실이다. 합각머리 지붕을 한 회색 집들, 정원의 호두나무, 대상인(大商人)과 검사, 장교와 고등학교 교사, 대학생 등 고향 도시를 특징짓는 인물들, 강가로 내려가는 경사진 도로와 좁은 골목길 들, 강변의 목재상들 등 삼년 뒤에 출간될 그의 첫 장편 소설 『부덴브로크 가의 사람들(Buddenbrooks)』(1901)에 등장할 인물들과 그들의 무대가 이 작품에서 이미 거의 다 드러나 있는 것이다. 하노 부덴브로크의 친척으로 나올 세 여인들이 꼽추 프리데만 씨의 세 누나들로 미리 나타나고 있으며, 하노의 죽음은 프리데만 씨의 죽음으로 선취된다.

독자는 「키 작은 프리데만 씨」의 죽음에 직면하여, 이 작품이 도대체 무슨 메시지를 담고 있을까 하고 자문하며 일말의 당혹감에 사로잡힐 수도 있다. 이것은 섬세한 예술가 기질을 타고났으나 실제 생활에서는 무력할 수밖에 없는 한 청년이, 자신의 사춘기 때의 사랑 체험을 다소 변형시켜 세상에 내놓은 것이다. 섬세하지만 무력한 예술가 기질의 인간이, 건실하지만 잔인한 삶에 체념해 버림으로써 세상에 맞서 '소극적

복수'를 하고자 한다. 꼽추로서 화려한 삶을 단념하고 살아온 그였지만, 그 역시 인간이기에 '운명적 여인(femme fatale)'을 마주한 순간 그는 더 이상 체념을 지속할 수 없게 된다. 결국 가슴속에서 추방했던 자기 열정을 폭발시키는 바람에, 프리데만 씨는 추하게 파멸해 간다. 꼽추 프리데만의 이런 모습은 청년 작가 토마스 만이 북독 뤼베크의 건실한 시민 가문의 전통에서 벗어나 남독 뮌헨의 세기말적 데카당스에 빠져 예술가적 유미주의에 취해 있을 당시, 자신의 퇴폐적 자화상을 건실한 생활인의 편에 서서 반어적으로, 또 그로테스크하게 일그러뜨려 놓은 것이다. 이 자화상에는 물론 예술가 토마스 만의 엄청난 자긍심도 숨겨져 있다. 초기 토마스 만의 중요한 모티프인 삶과 예술의 갈등 문제는 장편『부덴브로크 가의 사람들』을 거쳐 중편「토니오 크뢰거(Tonio Kröger)」(1903)에 이르러서야 비로소 확연히 드러난다. 이 작품의 깊은 의미를 궁구해 보고자 하는 독자에게는「토니오 크뢰거」를 한번 읽어 보기를 권하고 싶다.

여기에 새로이 번역, 소개하는 토마스 만의 '노벨 문학상 수상 연설'(1929)은 작가 토마스 만을 올바르게 이해하는 데에 중요한 열쇠가 된다.

앞서 언급한「키 작은 프리데만 씨」에서 엿볼 수 있는 세기말적 예술가 기질의 발현은 유미주의에 빠질 위험성을 내포한다. 그리고 정치적으로는 영국과 프랑스를 중심으로 한 유럽적 민주주의보다는 고고한 '독일 정신'의 승리를 앞세우는 군국주의적, 비민주적 오류의 소용돌이에 휘말릴 위험성도 안고 있다. 사실 토마스 만은 1차 세계대전 당시에 이러한 정치적 오류에 빠지기도 했으나, 1922년 무렵부터 서서히 민주주의에 눈을 뜨기 시작했다. 그래서 1929년에 노벨 문학상을 수상했다는 소식을 접한 토마스 만은, 자신이 얻은 '예술가'로서의 이런 영예가 '북쪽' 스웨덴에서, 즉 '삶'의 방향으로부터 날아온 소식임을 알기에 기쁘다고 했다. 또 그는 이 영광을, 자신의 조국과 그 정신문화가 이룩한 성취가 마침내 서구적 민주 진영에 의해 인정을 받은 계기로 해석하고 싶어 했다. "이 상처 입은, 그리고 여러모로 오해받고 있는 민족이 세계적 공감의 표현이기도 한 이 상"에 대해 민감할 수밖에 없는 까닭은, 독일 작가 토마스 만 본인도 한때 정치적 오판을 했으나 이제 서구적 형식미에 도달한 독일 작가로서 떳떳이 인정받은 것을 기뻐하는 이유와도 상통한다. 즉, 독일 작가 토마스 만에게 세계적인 노벨 문학상을 수여했다는 건 정치적 노선에 과오가 있었던 개인 토마스 만이 그럼에도 불구하고 예술가로서 인정을 받았다는 의미며, 또한 동시에 상처 입고 오해받고 있는 독일에 대한 서유럽 세계의 이해와 공감의 표현이라는 뜻이기도 하다. 토마스 만이 이것을 성 세바스티아누스가 상징하는 '고통 속에서의 우아함'으로 표현한 것은 참으로 의미심장하다.

그 후 토마스 만은 나치를 피해 망명 작가가 됐고, 그의 조국 독일은 2차 세계대전과 가공(可恐)할 만한 나치 범죄를 통해 다시 한 번 세계와 인류 전체에 대해 속죄할 길 없는 큰 죄악을 범하게 된다. 미국에서 쓴 소설 『파우스트 박사(Doktor Faustus)』(1947)를 통해 독일과 독일인의 죄책 문제를 다룸으로써, 작가 토마스 만은 또 한 번 자기 민족과 조국의 속죄 문제와 그에 따른 용서와 은총의 문제를 모색하는 데에 헌신한다.

아무튼 초기 토마스 만이 남긴 위의 두 작품 「타락」과 「키작은 프리데만 씨」를 우리말로 처음 번역한 지도 정말 오래되었다. 그동안 우리말 자체도 꽤 달라졌고, 연구와 강의 중에 더러 오역도 발견하였기에 이번에 다시 새로이 읽어 보면서 눈에 띄는 대로 고치고, 바로잡았다.

하지만 두 작품만으로 작은 책을 꾸린다는 것이 어딘가 조금 부족한 듯해서, 이에 덧붙여 토마스 만이 1929년 12월 10일 스톡홀름에서 행한 '노벨 문학상 수상 연설'을 번역, 소개한다. 이 짧막한 연설에는 토마스 만의 예술가적 자긍심, 바이마르 공화국 무렵의 그 자신과 조국 독일의 눈부신 정신적, 예술적 성취가 선진 서유럽의 형식미 그리고 민주주의와 어떤 관계성을 지니는지 잘 드러나 있다. 이 연설문을 참고하면, 독자 여러분이 위의 두 작품을 시작으로 「토니오 크뢰거」를 거쳐, 후기 토마스 만의 작품 세계로 들어가는 데에 큰 어려움이 없으리라 생각된다. 아무쪼록 독자 여러분이 토마스 만 문학의 진경(眞境)으로 들어서면서, 그 깊이를 실감하는 즐거움과 보람을 함께 느낄 수 있기를 기대한다.

2016년 10월 19일
낙산 도동재(道東齋)에서
안삼환

옮긴이
안삼환

서울대학교 독어독문학과와 같은 학교 대학원을 졸업하고 독일 본 대학교에서 문학 박사 학위를 받았다. 연세대학교 교수와 한국괴테학회 회장, 한국독어독문학회 회장, 한국비교문학회 회장을 역임하였으며, 현재 서울대학교 독어독문학과 명예 교수다. 저서로 『한국 교양인을 위한 새 독일 문학사』, 『괴테, 토마스 만 그리고 이청준』이 있으며, 옮긴 책으로는 『텔크테에서의 만남』, 『빌헬름 마이스터의 수업시대』, 『괴테 전집 14: 문학론』, 『토니오 크뢰거』 등이 있다.

키 작은
프리데만 씨

1판 1쇄 펴냄 2016년 11월 25일
1판 3쇄 펴냄 2021년 1월 15일

지은이 토마스 만
옮긴이 안삼환
발행인 박근섭, 박상준
펴낸곳 (주)민음사

출판등록 1966. 5. 19. 제16-490호
서울시 강남구 도산대로 1길 62(신사동)
강남출판문화센터 5층 06027
대표전화 02-515-2000 팩시밀리 02-515-2007
www.minumsa.com

ISBN 978 89 374 2908 8 04800
ISBN 978 89 374 2900 2 (세트)

* 잘못 만들어진 책은 구입처에서 교환해 드립니다.